東京人と海

东京人与海

陕西师范大学出版总社　　　　　　［日］吉川英治 ——— 著　梁肖竹 ——— 译

图书代号：WX19N1080

图书在版编目（CIP）数据

东京人与海 /（日）吉川英治著；梁肖竹译. —西安：陕西师范大学出版总社有限公司，2019.8
ISBN 978-7-5695-0922-9

Ⅰ.①东… Ⅱ.①吉…②梁… Ⅲ.①随笔—作品集—日本—现代 Ⅳ.①I313.65

中国版本图书馆CIP数据核字（2019）第135809号

东京人与海
DONGJING REN YU HAI

[日] 吉川英治　著　梁肖竹　译

出 版 人	刘东风
责任编辑	焦　凌
责任校对	高　歌
特约编辑	史开俊
封面设计	尚燕平
出版发行	陕西师范大学出版总社
	（西安市长安南路199号，邮编710062）
网　　址	http://www.snupg.com
印　　刷	山东临沂新华印刷物流集团有限责任公司
开　　本	880mm×1230mm　1/32
印　　张	9.25
插　　页	4
字　　数	200千
版　　次	2019年8月第1版
印　　次	2019年8月第1次印刷
书　　号	ISBN 978-7-5695-0922-9
定　　价	54.80元

读者购书、书店添货或发现印装质量问题，请与本公司营销部联系、调换。
电话：（029）85307864　85303629　传真：（029）85303879

目　录

草思堂随笔

序　/　003

周日夕语

鲑鱼　/　006
乡土文人　/　008
高野往来　/　011
遗属种种　/　013
兰花三态　/　016
苹果　/　018
过去的信　/　020
春场所絮语　/　022
东京人与海　/　024

花·菜根 / 026

温泉杂景 / 028

哑巴与诗人 / 030

无用毛发 / 032

钓鱼和飞机 / 034

聋子 / 036

土 / 038

烟管 / 040

友情之碑 / 042

伊达政宗 / 045

洗舌 / 048

臭棋篓子之论 / 050

大坂的"ban" / 052

市井杂音

四十初惑 / 056

没有屋顶的人 / 060

岁寒饥语 / 062

隧道 / 070

故人凡骨 / 074

书斋与主人 / 081

春日书斋开放

屁股尊容 / 093

木鱼和火车 / 094

走动的构思 / 096

标签 / 098

感情串线 / 100

幻影中人 / 102

无稽史实 / 104

材料杂话 / 107

毛病 / 110

徜徉园随笔 / 114

史话片片

濑户内海与町人志士——关于日柳燕石 / 121
史书余录 / 125
英杰与凡人 / 128

说说自然人

将门 / 136
良宽 / 139

笔间茶话

开府插话 / 143

火灾遗迹异闻 / 145

"外乡人"和"琉妻" / 147

甲贺忍者由来 / 149

行路法与飞脚 / 151

黄金内讧 / *153*

"唐手"的试招杀人 / *155*

西洋人见闻记 / *157*

《正忍记》的口诀 / *159*

草思堂随笔

自穗波村 / *162*

纯 / *177*

窗边杂草

砚滴

大众文学随想 / *186*

作家的世界 / *191*

小说与史实 / *194*

唤回故人 / *196*

写作《宫本武藏》 / *198*

乡土文学 / *200*

致以作家标准要求自己的人 / *202*

我想写的人物 / *204*

现代小说与历史小说 / *206*

非茶人茶语 / *208*

直木三十五 / *221*

四十雀舌 / *224*
苦彻成珠——有信馆茶话 / *229*
青年栖马上 / *233*

窗边杂草

心中的母亲 / *237*
幸为男儿身 / *240*
女人 / *244*

英雄与女性·恋爱

理性与热情：赖朝和义经 / *259*
事业与恋爱：美男子信长 / *261*
武将的女性观 / *263*
与女性不沾边的谦信和松阴 / *265*
森田节斋的结婚故事 / *267*
异食癖——清盛与家康 / *270*
幕末志士与恋人 / *272*
赤穗义士矶贝与琴爪 / *274*
不朽的女性 / *276*

从"草纸堂"到"草思堂"（日文原版编者记） / *279*

草思堂随笔

序

譬如柳里恭[1]和大田南亩[2]等人的作品，古人的随笔中总能看出一种闲适自娱之意，其中自然而然地营造出爱生活、爱读书的闲在境界，作者乐在其中，读者也觉得有趣。然而落到我等市井喧哗之徒手中，则闲谈难作闲谈，茶话也不成茶话，正如同蝉脱壳到一半的尴尬模样了。

不仅如此，我觉得人生是四十初惑，而自己还不到写随笔的年纪。个人过去的经验乃至社会观，如今回想起来都觉得颇为窘迫，至于要从自身库存无几的杂学中提炼出百味精华，以满足倦于读书的人们，更是想都不敢想了。然而，在大众文学之外随手

---

[1] 柳里恭（1703—1758），本名柳里淇园，日本江户时代武士、文人画家、诗人。大和郡山藩（今奈良县大和郡山市一带）重臣，日本文人画先驱之一。

[2] 大田南亩（1749—1823），日本江户时代文人、狂歌师。江户幕府高级官员，同时著有大量狂歌、汉诗及随笔。

写下的杂记中,又有一个与平时面对"大众"时不同的、背面的自我。除了这本书外,我还没有所谓独自一人的光景,那么有这么一册或许也还可以——抱着这种想法,才汇编出了本书。

本书的内容正如扫成一堆的杂草,这般那般的也没有什么规矩,其中随着一时兴致写下而发表于报纸上的若干文章,就如同书斋窗外匆忙的脚步声乃至调皮的风声,虽然和练笔的废纸并没有什么不同,却反而又有点趣味,在此也就没有略去。

今朝秋高爽,闲跃废纸崖。

周日夕语

鲑鱼

鲑鱼一上市，城中就刮起凛冽的寒风了。近年来都市中虽然不再流行鼻子上贴着贺岁纸签，作为过年礼品的鲑鱼，但在吃厌了正月的浓厚酒肉之时，却依然会说来份鲑鱼茶泡饭换换口味。虽然不到芜村[1]的名句——侍卫厨房里，总得鲑鱼干——所说的地步，但大多数人家中，还是会有那么一条有着老僧般枯淡风貌的鲑鱼高挂在厨房里。

每次吃饭有鲑鱼时，我总是会想起孝明天皇陛下[2]的一件逸事。

嘉永、安政[3]年间皇室的困窘情形虽是无人不知的，但在今天的民众看来，已经是久远得难以想象了。刚才提到的逸事，说的

---

1 与谢芜村（1716—1783），日本著名俳人。
2 孝明天皇（1831—1867），日本第 121 代天皇，1846 年至 1867 年在位，明治天皇之父。
3 均为孝明天皇在位时的日本年号。

是当时某家大名（据传是毛利氏）得知天皇日常的御膳实在太过寒酸，便不动声色地献上了几条盐渍鲑鱼。

天皇十分高兴，细细品尝了，连声赞赏说当真是美味。等到宫中女官要把菜撤下时，天皇可惜还没吃完的一点点鲑鱼，说道："勿要扔了鱼肉，正可留作晚酌佳肴。"

仔细玩味这件逸事，就很能明白当时天皇陛下的生活境况，自然也就能理解那样充斥不合理性的社会才是引发明治维新的根本原因。而我们自己餐桌上的一片鲑鱼，如能用心咀嚼，除了能成为美餐之后的鲑鱼茶泡饭，应该也能品出别样的味道了。

从现代的都市生活或是生产结构看来，认为消费即是美德似乎也无不可，但是消费阶级要如此扬扬得意，却未免对不起都市之外的众多同胞。对于一片鲑鱼，至少也应该怀着感激之情，品出其中真味再放入口中才算妥当。

咖啡店中消费掉的洋酒、一场接一场的宴会上气味刺鼻的佳肴，正月里无论家庭内外，剩菜都堆积成山填满了垃圾桶。如今可真真是光明年代，只是不知东北地区有饥民这件事，究竟算不算是日本国内之事了。

乡土文人

我觉得,其实封建制度也有好处。如今中央集权制的弊端已经凸显,再来看过去分封藩国的制度,果然还是觉得有不同于现在的特征的。

其中的特征之一,便是在所谓"藩风"的影响之下,地方文化紧密团结,面对周边的藩总是保持着有些无聊的矜持。

比如说仙台[1]有仙台的文化,水户[2]则有水户的文化。无论是音乐、美术还是文学,都各有自身独特的东西。即便在思想层面上,同样是勤王主义,水户学[3]中的勤王和萨摩[4]乃至长州[5]

---

1 日本旧藩名,管辖今宫城县、福岛县和岩手县等地。
2 日本旧藩名,管辖今茨城县北部及中部。
3 江户时代水户藩形成的一种学风。江户后期主张强烈的尊皇攘夷论,给幕末的思想界以极大的影响。
4 日本旧藩名,管辖今鹿儿岛县和宫崎县等地。
5 日本旧藩名,管辖今山口县一带。

的勤王就是大为不同的派生体系；就武士道而言，佐贺[1]有《叶隐》[2]，赤穗浪士[3]则遵从山鹿流[4]的武士道，各自保有独具特色的人文体系而自豪地竞争"我们这里最好"。

现代的乡土的精神却是空虚的。思想愚昧，连小原小调[5]和袈裟调[6]，甚至是本地的姑娘都献给了都市，反过来听生活困苦的平民屋檐下，流着鼻涕的小孩唱的却是"我最近有点不对劲"，又或者是"在列车最拥挤时一起逃跑吧"。[7]

这世道真的没救了吗。中央集权文化的兴盛的确是可以预见的，然而急速的近代发展在都市乃至地方上却是横行过度了。即使没有封建时代的精神乃至物质那么丰富，地方上也应该多享受一些音乐、美术或是文艺方面的恩惠。

就这一点而言，我觉得应该认可于枯竭的乡土中为本地做出贡献的归隐文人们。去年在常陆[8]去世的横濑夜雨[9]，越后[10]的相马

---

[1] 日本旧藩名，管辖今佐贺县和长崎县一带。
[2] 江户中期有关武士修养的书籍，被佐贺藩奉为经典。
[3] 1703年原赤穗藩为主报仇的47名武士，又称赤穗义士。此事件后成为日本经典文学及戏剧题材。
[4] 江湖前期的儒学家及兵学家山鹿素行所创的兵学流派。
[5] 日本鹿儿岛县民谣。
[6] 日本民谣，种类多。佐渡袈裟调、越后袈裟调尤为知名。
[7] 这两句是20世纪二三十年代日本流行歌曲《我最近有点不对劲》《东京进行曲》中的代表性歌词。
[8] 日本旧地名，今茨城县的一部分。
[9] 横濑夜雨与后面的相马御风、高仓辉等三人均为日本19世纪末至20世纪的诗人、作家。
[10] 日本旧地名，今新潟县的一部分。

御风和信州[1]的高仓辉等人,虽然没有出名获得报道关注,然而作为文人,如他们这样的人却着实是有见识,对地方文化有帮助的。

即使原稿卖不出去了,文人也没必要固守在都市中。归卧故土,奋老迈之躯为地方文化贡献而终,不也是不错的晚年吗?

---

1 日本旧地名,今长野县。

高野往来

大约七年前登高野山时，我听到一山的僧人们为了"是否要将索道架到山上"而分成两派争论，如同昔日性情激烈的山法师[1]。

从那之后过了四年，再去爬山时便发现索道已经修好了，高野也变成了平地社会的外延区域。香客如同赏花人一般蜂拥而至，到了傍晚，大多数当天往返的人就又返回山脚了。

架索道的话香客就会变多，香客一多则在寺院留宿的旅客也就多了——由此种经济思维出发的和尚们，如今的表情却仿佛诉说着："不该是这样的啊。"

前年第三次登山，我发现因为有了索道而没了生意的人们，

---

1 比睿山延历寺的僧人，尤指其中的僧兵。

诸如桥本口的歇脚茶屋、人力车、推人上山的人，再加上因为大阪的百货店进驻而生意受威胁的小卖店店主，都聚在一起开类似劳资纠纷的会议，训斥着原本应该教化他人的和尚们。

去年春天我又去爬高野山，看到山上正忙着拓宽道路，还有蓝色巴士穿梭，而各家寺院也都争先恐后地盖起大型的棚屋。

我对相熟的方丈说："景气真是不错呢。"

对方答道："是啊，因为今年正是弘法大师[1]去世一千一百周年。"

一问之下，才得知预计今年全国会有数十万信徒登山朝拜，现在是在增盖住宿设施。然而若是算盘落空，有的寺庙说不定会沦落到连夜逃债。当真是耸人听闻。

之后的事情我没有再听闻，今后也不打算去登高野山了，但似乎现下无论哪处法城，都是这个模样。战国时代烧毁根来寺和比睿山的是织田信长，现代则是资本主义攻陷了佛法僧侣们的巢穴。所谓的宗教复兴，应该就是这战斗的呐喊声吧。

---

1 弘法大师（774—835），平安初期著名僧侣，日本真言宗的开山祖师。法名空海，弘法大师为其谥号。

遗属种种

大约是三月号的《传闻》还是什么杂志报纸上，以"夏目家出售"为标题，刊登了记录夏目漱石遗孀和子女们生活状况的文章。内容大致是遗属们的黄金生活不再，其近况类同落魄的平家贵族和贵妇，十分凄凉无常一类的。然而在以世界第一穷而闻名的日本文坛看来，却豪华得独一无二，让人要怀疑这或许是在讲外国作家的遗属。

与之相比虽然少得不值一提，岩野泡鸣[1]在巢鸭建起的屋中，在震灾之后也依然被填满泡鸣藏书的书架挤得满满的。然而我在某日因想要借阅一册而登门拜访时，遗孀英枝夫人却说数日之前把书全部卖掉了。

当时我去借的是《琉球演剧脚本》，除此之外也还有很多珍

---

1 岩野泡鸣（1873—1920），日本自然主义诗人、小说家、评论家。

稀书籍。我立即赶往收购了书籍的二手书店，却发现这是家糟糕透顶的破烂书店，在收购当天随即将书籍在街边市集上贱卖了。

泡鸣请中意的木匠制作的黑柿木的独特的原稿抽屉、弓箭道具乃至棋盘等物，废品回收者将之扛在肩上，从院子里走出来的光景我也见过。而同时，坐在外廊的遗孀身边便留下了几枚五十钱的银币。

自称是清川八郎[1]孙子辈的青年登门拜访我，他遍求文人名士作画签名，说是要用作清川八郎慰灵祭的费用，又管我要了字画。

青年的容貌与清川八郎的肖像有几分相似，反而更让人心生寂寥之意。

赖山阳[2]的曾孙赖成一某次曾经叹息着对我说：

"名家的遗属是最最难当的了。我不管怎样学习，也没法超过山阳，而只要做了一点点不好的事情，就会被骂是损了祖先的名声，真让人受不了。"

我正写着这些事，恰好收到亡友佐佐木味津三[3]的遗孀寄来的小包裹，似乎是件礼物，还附有报告故人的全集已经编辑完成的感谢信。

---

1 清川八郎（1830—1863），幕末尊皇攘夷派志士，组建的浪士队为新选组前身。

2 赖山阳（1780—1832），日本江户后期儒学家、历史学家。著有《日本外史》等。

3 佐佐木味津三（1896—1934），日本小说家。

在丈夫死后居然还能顾念到其友人，对于遗属而言这真是很难做到的事。我这么说，倒不是因为收到了礼物，只是为亡友生前有这样的人照料而感到欣慰。

说起来，马上就是直木三十五[1]去世一周年的日子了。

---

[1] 直木三十五（1891—1934），日本小说家，大众文学旗手。致力于提高大众文学的品位，著有《南国太平记》《楠木正成》等。文艺春秋社为纪念他创设直木赏。

兰花三态

我拿着筷子,瞥了一眼装着刺身的盘子,发现在白色的鲷鱼鱼片边角处,放着一朵小指指尖大小的兰花。花朵泛着微微的红色,如同春夜灯下姿态惹人怜爱的满洲美人耳朵的颜色。

我咬了一口花,发现有点苦。我不知道兰花能不能吃,但想吃就吃了一口。

于幽谷中见到兰花,说"兰当为王者香",即刻取琴奏出《幽兰操》的孔子若是在身边,一定会怒于我的不解风流,斥之为"竖子乃有禽兽之胃"。

提起兰花,还会想到信州的坚岗和尚与儿玉果亭[1]二人交友的逸事。

"和尚,我给你画一幅。"果亭这么一说,无所欲求的坚岗

---

[1] 儿玉果亭(1841—1913),明治时代的日本文人画家。

就答:"寺里不需绘画。"

果亭缠着坚岗,坚持要画,和尚就说:"那就在这上面涂几笔吧。"一边把脏兮兮的青灰色甲斐绢袈裟推了过去。

果亭一气呵成画了兰花,又自称自赞地写上"王者之佩"几个字。

据说坚岗直到圆寂,都一直晃晃荡荡地披着那件袈裟,用来擦脸擦酒之类。这不正十分有王者之佩的风范吗?

四五年前,在东京的君子们之中,兰花似乎流行了起来。银座的花店等地,也都经常举办兰花会,取代了之前的潮流。我原本观花都会联想到食欲上去,对此自然没有兴趣,但看到一株五百金、千金的价格,还是为城市中君子的豪奢风流而大吃一惊。

苹果

记得是某次的归途，阿部真之助和滨本浩[1]在车中就苹果展开了议论。

阿部老先生说朝鲜大邱[2]产的苹果芳香味道均冠绝海内外，而滨本浩则坚持说那怎能及得上青森产的苹果。

有三寸不烂之舌的名家和诡辩大师，如此互不相让地争论了约二十英里，最终我记得好像是说结论等日后到东京时再定下，就下了车。

当时保持中立的我之后每次拿起苹果，也都要想想这是大邱的还是青森的，享受口感时添了一桩多余的心事。再往后我又约略听说，不论是大邱产还是青森产，只要不按印度原产种、美国原产种或是本地原产种这种系统来区分，就如同议论上海的马和

---

1 二人均为日本近代作家、记者、编辑。
2 即今天的韩国大邱市。

根岸[1]的马,哪边跑得快一样。原来如果不是阿部真之助和滨本浩二人,这问题根本就无法议论得口沫横飞。

无论是提供多么美味的餐点的宾馆还是一流饭店,饭后的水果大都会令人失望。其中有的仿佛时髦的老太太,看起来红润,吃起来却松松垮垮,最让人受不了。旅行去西边时,我都不会吃食堂的苹果。

我知道有"苹"字,却不知这个字与"林檎"[2]的用法有何不同,顺便查了一下词典,发现林檎是指东洋原产品种,而苹果是指欧美品种。

不知道是谁定下的这个规矩,真是够麻烦的定义。就好像看到日本人,要分出这是汉人系[3],这是隼人系[4],那是阿伊努系[5]一样,区分起来很不容易。

近年来的豪华苹果是诸如金冠、美国产的星皇等品种,一个苹果的价格接近市政府的扫雪工人一天的工资。然而要说滋味,我觉得最棒的还是过去前往南津轻的旅途中,将果田中姑娘们扔来的新摘的苹果连果皮一口咬下,青涩的果汁溅到眼中,正是用眼睛吃苹果的感觉。

---

1 神奈川县横滨市的地区名称。曾有日本最早的近代赛马场。
2 日语中"苹果"一词的汉字多写作"林檎"。中文"林檎"一词同指苹果。
3 指古代东渡归化为日本人的中国人的氏族。
4 指古代九州南部的氏族。
5 北海道少数民族的氏族。

过去的信

信件这东西，读过之后该如何处理让我至今犹豫不决。是应该立即烧掉，还是该好好保存？前段时间安成二郎[1]来访，想向我借几封有趣的信，说是要刊登到书信讲座中，然而我却没有可以拿出去随意给人看的无用信件，很多信给第三者看都不太合适。这么看来还是应该把信烧了比较好，但是来自亲密朋友，包含特别心意的文字，却难以忍心烧掉。

每次搬家，我自己的家中总会有多得找不到地方放的旧信件，都是自然而然积攒下来，并没有什么目的。从我十九岁起至今为止积累下的信件，大约要装两个旅行用的大号信玄袋和两三个柳条箱。有母亲的信、父亲的信、恋人的信，还有恩人和知交好友的信。所有的信都是用绳子捆住装好了的，却不知从何时起积压到了难以收拾的地步。

---

[1] 安成二郎（1886—1974），日本歌人、记者、小说家。

女人写来的信上，父亲给贴上了便签，用红色铅笔写着"适可而止啊"。如此这般的东西，也都混杂其中。此外还有自己看来便十分脸红的信，又有如今已经成名的人士的信件，内容现在拿出去多半不妙。若是有机会，应该拿去武藏野烧个干干净净才是——我这么想也不止一两次了，然而每次一想到疼爱孩子的母亲的信，就又想要在有空的日子里展开信纸，怀念母亲乳汁的气息。现在我却后悔为何当初没有都烧掉。

最近看二手书店寄来的旧书目录，发现只要是在社会上略有名望的人，其信件就会标有市价，最低五十钱，又有二三円者，当真是可怕。贺川丰彦[1]是七十钱，佐藤春夫[2]是一円二十钱之类的。直木三十五的信好像也曾标价一円多。

据说若是寄信人和收信人好，则价格更高。某位书店店主告诉我，去年九条武子写给佐佐木信纲[3]的信出现在旧书市场中，最初颇受珍惜，都是按四五十円交易，然而因为实在太多，价格暴跌至十五六円。而同一个人的旧信件涌入市面，却是因为夏天不知是扫除还是晒书时，被收废纸的偷去了一件行李。考虑到这种事情，先不管信件是否能标上价，还是应该趁现在这草枯叶黄的时节带去武藏野，一把火烧了干净为好。但想到患着感冒去走那白霜融化后的路，每年就又拿不出勇气。或许干脆来一场火灾，才能落得清静吧。

---

1 贺川丰彦（1888—1960），日本牧师、基督教社会活动家。著有《超越死亡线》等。
2 佐藤春夫（1892—1964），日本诗人、小说家。
3 二人均为日本歌人。

春场所絮语

文乐复兴或是文艺复兴什么的，面向小众的东西都是半死不活，而相扑的复兴却从一时的衰退中重整旗鼓，今年春场所[1]的景象据说能让人约略回想起往年相扑界的全盛期了。

自从少年时代观看当时相扑中梅与常陆的组合，又或是驹与太刀[2]的对抗以来，无论是春场所还是夏场所，我几乎二十年不曾看过相扑了。

要问我是不是讨厌相扑，其实也并不讨厌。然而如此之久都不去看相扑比赛，还是因为时代使人们远离了相扑，而取代相扑的进口运动或是格斗比赛则填补了空白。

但是，相扑的确具有棒球、赛马乃至格斗都没有的特色，具

---

[1] 春季赛会。日本大相扑的正式比赛之一，每年3月在大阪举行。
[2] 此四人均为20世纪初期日本著名的相扑选手。

有足以重整旗鼓的根底。尽管如此，现状却只是协会成员觉得还算过得去，没有过去那种十个晴天连续举办，让市民陷入狂欢的盛况。我想，其中原因或许在于相扑中依然有不能完全贴合现代的普遍性的要素。

国技越要保守其古典传统，就越会与现代的普遍性产生差距。在这点上不懈努力，坚持追随民众，尽力融入民众的进步中的是歌舞伎。而连歌舞伎，只要稍一放松，就会受到有识之士"如此可是会灭亡的"这样带有威胁意味的警告。

我觉得，不只是场所的装饰或组建协会等形式上的功夫，力士的素质乃至精神也要做到健全而和谐地融汇国粹传统和现代风格，相扑真正的全盛期才会到来。

会喝几升酒，体重是几十贯[1]——因为诸如此类的要素而受大众关注或喜爱，对于力士而言是不幸的。无论何种运动，现代人如果不是有相应的知识和了解，都是无法热衷和赞赏的。

---

1 日本旧重量单位。1 贯合 3.75 公斤。

东京人与海

比起夏秋时节,我觉得还是现在这样春天的海最好,尤以浅草还没有挤满赏花人群的时候为妙。和芜村的那句"终日悠悠荡漾"[1]一般,能让城市中紧绷的神经也放松下来的海滨气息最好。

关西正适合去海边旅行。既有好的汽船,又有许多适合钓鱼的地方,处处皆是海上的休憩之地。

因为三原山[2]出了名,东京人也开始明白岛的妙处,新造了游船。然而东京湾内好的海岸基本上都被军事要塞占据了,无法玩得轻松畅快。三浦半岛等地虽然有绝佳的沿海公路,但一不小心闯入就会被炮台哨兵训斥,之后还要写检讨书。

---

1 此处引用的是与谢芜村"春の海 終日のたり のたりかな"(春日之海终日悠悠荡漾)的俳句。

2 东京都伊豆大岛的火山。最高处海拔 758 米,为伊豆大岛的最高峰。

因为实在别无选择,即使觉得俗气又拥挤,也只能去热海[1]了。但在热海也没法像在别府[2]一样玩得自在,恶俗的花街柳巷近来倒是与别府不相上下。热海却有吃不到中国菜的实际例子:东京知名的中餐馆到这里开了间分店,却因为坚持不用外国厨师,最终只能把招牌换成了天妇罗店。

心里想着在近海到底难以感受"终日悠悠荡漾",返程时便愈发绷紧了神经。等回到了东京,又发现在东京的中心也有军事要塞。虽说仅限国会众议院开会期间,但警察们可都会手执警棍站在十字路口上。

虽然首都四面环海,和洲崎及芝浦[3]近在咫尺的银座更是临海的街区,东京人却没有海可看,真是无可奈何啊!

---

1 静冈县东部地名。著名的温泉疗养旅游胜地。
2 大分县东海岸地名。有著名的别府温泉。
3 均为东京市区地名。"洲崎"一名现已停用。

花·菜根

花店的人更换了会客室的插花,足有小碟子大的光琳菊黄白花朵相间,盛放在宾客左右。

一位客人说:"是温室培育的吧。"

有喜欢园艺的客人解释道:"这是西洋品种。"

有人会说客套话,称赞室外春雪飘洒而屋内却菊花盛开有趣,但我一点都不觉得有趣。虽然知道是插花者的表现技巧,然而还是觉得如同不该登场时却冒出来,涂着口红啰啰唆唆说个不停的女人,让人想捏起来扔出房间。

不光是花,无论是冬天还是春天,一揭开碗盖有毛豆漂在汤里,而草莓和西瓜也都随时上市,连家里做的菜,三月份有竹笋饭,吃黄瓜也不用等到夏天。

天保[1]年间，吃最早上市的黄瓜也会遭法令惩处，如今这般四季之物无视四季，像舞女一样随时能花钱买到的世道与之相比或许算是进步了，却让人高兴不起来。

无论是水果还是鲇鱼、鲣鱼，在美食的世界中，现代都市人丧失了四季的惊喜。蔬菜店到了春天，水产店到了夏天，都没有什么值得期待的东西，没有任何新鲜感。

不仅眼睛和舌头失去了惊喜，现代人的神经对于所有事象都不易感到惊讶。德国突然声色俱厉也不觉得惊讶，中国突然变得亲日也不觉得惊讶，军部悄无声息也不会惊讶，宗教流行起来也不惊讶，国本论分裂为二也不惊讶，最后恐怕会有被冬天的蚊子咬了，被虱子蜇了也不惊讶的皮肤了。

不只是毛豆或西瓜，人类或许即将迈入科幻小说中那样机械化人类的世纪了吧。

---

[1] 日本江户末期年号，1830—1844 年。

温泉杂景

汽车向着十国山口[1]攀爬上去，便能看到以热海为中心的周边山地上，到处竖立着打井的木桩。就是在汤河原的里面、伊东的边上和箱根[2]都能看到的木桩。

一提问，司机笑着回答说那是在挖温泉。有温泉喷出来就能当暴发户，然而不必说，钻上四五百尺也不出来的是多数。落到那种境地，就会上演种种悲喜剧——连夜逃债、斗殴、查封财产、内讧。

这应该是无法将手伸到满洲的小特权阶级，看中了丹那隧道[3]开通的机会而尽力满足自身能动性的行动。正是浅薄又可笑的古战场。

丹那的隧道是一个巨大的讽刺。热海地区梦想依靠隧道开通而大发横财的算盘似乎落了空。东京的旅客大都穿越去了西边，

---

1 静冈县热海市西部的高岭。以旧十国展望胜地而著名。
2 汤河原、伊东、箱根均为关东著名的温泉度假地。
3 连接静冈县热海和函南的 JR 东海道干线的隧道，1934 年开通。

西边的旅客因好奇而拥入了热海。也就是说丹那不过是将西伊豆的旅客和东伊豆的旅客给调换了一下而已。用旅馆负责从车站接送旅客的导游的话来说，就是因为换来换去，我们白白多扛行李，小费却少了好多啊。

据说即使用木管引出来，温泉流过一里[1]，温度也只会下降一摄氏度左右。有温泉涌出的地方多为狭窄山谷中的村庄，若将温泉引至几里之外的山麓处，则别墅度假和观景就可兼得了，就好像把万座的温泉[2]搬到了轻井泽高原[3]。然而这么一来，旅客自然就不会去交通不便的地方了，因此当地人和地产商的温泉争夺战在各地都不少。比如住在里浅间[4]的新鹿泽的游客，很多就不知道几里之外本家的鹿泽[5]。

温泉也有年龄。比起上了岁数的土地，人们更流行去年轻的温泉地。鬼怒川[6]之类的就是近年的宠儿，盐原和箱根等则在衰退，与其自身条件无关。然而看各处流行的温泉地都在东京设置办事处，竞争抢夺团体顾客的模样，就会觉得温泉和歌舞伎座一样，都在逐渐被同一群人利用。不知道会不会出现投机者，干脆去研究如何把一里降一摄氏度的温泉更有效地保温方法，或者让温泉在东京的正中央喷出来，弄出个东京温泉来。

---

1 日本长度单位。1里约合3.9公里。
2 群马县西北部的著名高原温泉。
3 长野县东部的著名避暑地，多别墅。
4 位于浅间山。浅间山是长野县及群马县境内的火山。
5 群马县境内的温泉。
6 栃木县内利根川的支流，上游有多处温泉。

哑巴与诗人

今年的春天没有樱花音头[1],花虽开了,街头却没有流行歌曲,总而言之就是没有歌声了。

偶尔听到街上的孩子们或推销员唱歌,都是小原小调或者听惯了的唱片歌曲,不过是勉强唱着毫无街头特色的曲子。尽管如此,由于唱片普及,歌曲反而遍地都能听见,然而能深入民众内心的扎实的流行曲却是一首也无。

即使出去旅行,歌曲中的地方特色也已经完全感受不到了。无论去哪里,都是一个模子刻出来的某某小调。就连农村农民的孩子,不知是听广播记住了还是被唱片教育了,都唱着在都市咖啡店已过时的歌曲。

---

1 日本1934年上市的流行歌曲。

原本只在酒馆才能听到的歌曲，最近随着广播走进家庭，酒馆和家庭在音响环境上都更接近了。等这一招也不灵了，就又开始播放朗诵，但或许是觉得其节奏和色彩不协调，街头倒是还没有听到过诗朗诵的声音。

总而言之，近代无论是城市还是农村，都没有民歌的声音，没有童谣的声音，只能听到混杂的低俗歌曲。中国流派的兵学家说由童谣可知天下的趋势，那么这哑巴似的近代日本又该如何卜上一卦呢？

人民已经失去希望到了如此地步，连唱歌的希望都没有了吗？难道就没有一位国民诗人，在这样的时代里高举艺术的火炬，将人民的呐喊、人民的心愿、人民的追求、现状下所有人民想说却无法说出的如哑巴一般郁结的心情，站在时代前沿，代人民高声唱出吗？

无用毛发

似乎越是无所谓的事情便越难以忍受。如果是医院或监狱,我自信可以半年一年不动也不觉无聊,但没什么能比被绑在理发店椅子上,坐立不安而无趣的三十分钟更为痛苦。

因为鼻子会被摆弄,头也会被不时抓住,所以无法思考。睡觉似乎是最明智的选择,但也要看个人的性格习惯,而对镜中自己的相貌,我也着实再无更多感想了。虽然说了"大概齐就好",但理发师貌似也有自身艺术上的准则,并不能随便。

和我来同一家理发店的江户川乱步[1]的头发很少,令人羡慕。我问他你这头发是不是有十分钟左右就能理好,结果说还是需要将近一个小时。三上於菟吉[2]的头发也属于土壤不佳的稀疏茅草原

---

1 江户川乱步(1894—1965),日本小说家,日本侦探小说的创始人。
2 三上於菟吉(1891—1944),日本大众文学小说家。

类型，听说他采取的对策是把理发师请到家中，于无聊之中寻乐趣。菊池宽[1]则设定十分钟的时限，超过时间即使只理了一半，也会生气离去。相反，松竹的大谷竹次郎[2]却有每天早上不去理发店就不上班的习惯，这应该已经是个人爱好，和武士保持鬓发整洁一样，是种修养。

若槻、铃木之类政界人士也经常能看到，大概是我多心，总觉得他们也都是一副百无聊赖的表情。某伯爵据说是在肥皂泡把脸遮得只剩眼睛和嘴露出来的时候也都会说个不停，某次请人打理那稀薄的头发时，一边还对理发师炫耀说："你知道吗，我妻子都买了有八十个手提包了，这是她的爱好吧，当然，她出门时只会拿上一个。"

轮到那位理发师为我理发时，他感慨道："听客人说话也是工作的一部分，我就没出声，但有时候也会觉得，如果用推子唰啦一下把那个伯爵快秃了的地方也给剃了，那该有多爽快啊——"

果然，理发的时间是忍耐对忍耐的相对性工作。我心中惦记着不要打哈欠，着实觉得在理发推子下不可随便说话。

---

1 菊池宽（1888—1948），日本小说家、剧作家。《新思潮》同人，后创办《文艺春秋》。
2 大谷竹次郎（1877—1969），日本实业家，致力于保存古典艺术，培养新兴戏剧。创立松竹株式会社。

钓鱼和飞机

因为常见的名家大会上一点有名家样子的人都没有,便有人说名家已不再有,我却觉得其实是成为名家的人的类型变了,名家还是有的。

比如面对"绘画中何处最难"的提问,大雅堂[1]回答"在于余白处"的名家名句,又比如做一刀三礼修行的雕刻家的故事,极端唯心主义的名家生活,或是反抗权威而日常多有奇特言行的名家风范的确已经消失,但我认为现在的机械化学领域中却诞生了很多名家。

据某位飞行军官说,飞机也有思想感情,和生物并无区别。比如说在登机前若是怀疑它的性能而神经质地检查、调整发动机,

---

[1] 池大雅(1723—1776),日本江户时代书法家、文人画家。号大雅堂、待贾堂等。

那么之后一整天飞机都会不高兴，经常无法按预想完成任务；然而如果信赖它，飞机也用螺旋桨发出喜悦之声的时候，就算是飞翔在枪林弹雨之中，也绝不会有危险。

若能理解螺旋桨的喜怒哀乐，那么飞行员也该算是名家了。日本的纺织业威胁到科学万能国[1]的地位，而铁路工业又获得世界第一的美誉，比起机械本身的机能好坏，多半是因为日本人的感性中有所谓的名家素质吧。

忘记是哪里的文章了，其中写着喜欢钓鱼的朝仓文夫[2]说"我钓上的鱼没有一条的表情是生气的。每条鱼，所有被我钓上的鱼都带着笑容"，我想这种话就是钓鱼名家的发言了。已经具有成为名家素质的国民，无论是去钓鱼还是开飞机，又或是做雕刻，总之都无法不发挥自己的这种特性。

---

1 指欧美各国。
2 朝仓文夫（1883—1964），日本雕刻家。有"东方罗丹"之称。

聋子

与之相见虽已是十余日之前,这位佳人的芳容却至今在我眼前挥之不去。正是悬挂于国宝展的一室之中,木米[1]所作的《观音图》。看到这幅画后,之前看过的著名的竹田[2]《圆窗观音图》和草坪[3]的陈贤写意的印象,都变得淡薄了。

去年的国宝展中有据传为新潟锅屋秘藏的《宇治朝敦图》,当时我也曾与好友河野通势[4]讨论,说木米的墨中有股鬼气。与曾我肃白[5]霸气四溢的阴影中涌出的鬼气不同,却也是一种鬼墨。我还觉得其中运用犀利而带有奇妙色彩感的青蓝和赭石的方法,不

---

1 青木木米(1767—1833),江户后期陶艺家、画家。多采用中国青瓷、青花、红釉技法。
2 田能村竹田(1777—1835),江户后期文人画家。改革明清画,树立新画风。
3 高桥草坪(1804—1835),幕末文人画家,田能村竹田的弟子。
4 河野通势(1895—1950),日本画家、版画家。
5 曾我肃白(1730—1781),江户时代画家,作品风格诡谲。

像是人的艺术。

无论是在陶器还是在画上，木米都落款"聋米"。据说人们也的确把他当作聋子对待，传记作者似乎也信以为真，但无论怎么想，木米都不可能真是聋子。其中理由在于木米与其挚友竹田和山阳等人貌似并未有过笔谈，相关文献记录一点都找不到。或许木米是有些耳背，但我想他的耳朵大概是艺术至上主义者对自己不喜之人才会变得假聋。

封建制度下的艺术家越是伟大，便越是如此韬光养晦。就这一点而言，青木木米和田能村竹田绝对是意气相投。这两个人是对封建社会的巨大讽刺，而我觉得他们也从难以企及的高度睥睨嘲笑着今天的艺术家。

今天的艺术家们在现在的社会中，已经不必和木米一样当聋子，或是如竹田一般过隐居生活了。但他们的作品又如何呢？木米和竹田绝不将自身的诗画当作本职，因为完全是业余，所以才是艺术。虽然文学与陶器和绘画在艺术领域上略有不同，但还是记下一笔，供当今的纯文学派参考。

土

一吃新挖出来的竹笋,就感觉到五月份泥土的气息。据说竹笋没什么营养,但初夏的泥土气息却能为精神补充养分。因为大谷句佛[1]赞颂京都竹笋的味道,我便请人送来嵯峨的竹笋,然而其中已无泥土的气息,还是不及东京近郊竹笋新鲜。

郊外的孟宗林近来也无法将竹笋作为特产了。如良宽[2]的五合庵般竹笋从木地板的缝隙中冒出头,钻进主人房间的房子,原本在前往多摩川途中的路边还能看到,如今此种风物也已不在。然而住在郊外似乎依然有难以割舍的好处,到了要穿哔叽布的季节,住在郊外的人一来访,话题还是会落到称颂郊外的诸如"对孩子的健康有好处""花市上的映山红和桧树很便宜"之上。

---

1 大谷光演(1875—1943),明治大正年间僧侣、俳人、画家。俳号"句佛"。
2 良宽(1758—1831),江户后期禅僧、歌人、书法家,有万叶调的和歌及高雅的汉诗和书法作品传世。

然而，因为大阪郊外有清冽的河流，松树繁茂且西北部与六甲山毗连，与之相比，没有水景之美的东京郊外住户就大都觉得自卑。无论问谁，都说："那还是大阪好啊。"

我在大阪与某公司的领导们共进晚餐时，其中说自己虽然在大阪盖了房子，但死了还是要埋在东京郊外的人在十人中占半数以上。他们已在大阪住了十多年，孩子也在大阪受教育，问起为什么，大家异口同声地回答说是在大阪住得越久，越是惦记晚春至初夏时节那东京郊外的泥土。

我也曾在高円寺和上落合住过几年，因此深有同感。大阪的泥土根本比不上东京郊外的泥土。夜雨半干时武藏野的细腻黑土，踩上去有种不可思议的感觉。种上映山红，在掌中拨弄玩耍而觉得可亲的只有东京的泥土，与大阪那发白而干巴巴的土一比较，的确是难以忘怀。

我会在每周六[1]午后四时前写完"周日夕语"的原稿，然而生活在不知世间岁月的书斋中，今天却忘掉了这件事，结果便是接到报社的通知，现在正慌忙面对书桌。从下周开始，为了不忘记周六，便写了这篇《土》用以自诫。

---

1 日语中周六称为"土曜日"。

烟管

说是烟草复古似乎也不尽然，但最近无论哪里的烟草店，都整整齐齐摆着两头镍白色金属间插着白色竹条、约尺余长的烟管。一根十钱、一根五钱的都有。我惊讶于价钱便宜，一问产地才知道是越后[1]。

越后有柏崎、三条等五金工业城市，山上又不缺竹子，砍竹子再打磨这样简单的工作，农家的孩子应该也能做。农村的副业在这种地方，也都登场了。

争奇斗艳的进口烟草和日本产摩登烟草排列在一起，像是包厢中列队的舞者，而一根十钱的农业副产品如同佐仓宗五郎[2]的眷属一般泰然横卧其间，让人觉得有些讽刺，却也有些可爱好笑。

---

1 日本旧国名，今为新潟县的大部分。
2 日本江户时代前期农民，为当地苦于领主重税而向将军直诉遭处刑。

实际上，用烟管的人真的增加了很多吗？话说回来，"人之道"[1]的信徒中，就有在西式服装的皮带中插上烟盒而四处走动的人。文坛中泉镜花[2]和里见弴[3]的烟管也十分出名。修善寺的菖蒲温泉中，隔开古旧浴池庭院的屏风内，一整天都能听到泉先生敲烟管的砰砰声。

频繁颁发禁烟令的江户元和[4]年间，据说市长的部下会经常全员出动，进行"烟管缴收"。因为不管怎样发行禁令，吸烟的人也都没变少，就在日本桥、京桥等主要的大桥桥下拴上运货的马，搜查过路人的怀里，发现持有烟管就要求扔到马背上的箱子里。看来江户的警视总监中，也着实有妙人。

古今制度集内记载当时有姓白木屋的一个町人，在禁令颁布时收集购买烟管，禁令放松时再倒卖出售而大发横财的故事。那些烟管不知是否都被熔铸了。我其实也觉得有一根拿来随手把玩还是不错的，但无论是夏雄[5]风格雕刻的还是铁哉的烟筒，江户风格的东西拿起来总有点不好意思，而烟管又没有所谓的现代型，这次恰好发现仅售十钱的农村副业产品，边写原稿边敲敲烟管，对菖蒲温泉中泉先生的心境便深有同感，于书斋中用烟管，也是有模有样了。

1　1924年在日本开创的神道系新兴宗教流派。
2　泉镜花（1873—1939），日本小说家，师从尾崎红叶。近代浪漫主义文学的代表作家。
3　里见弴（1888—1983），日本小说家，有岛武郎、生马之弟。《白桦》同人。
4　日本江户初期年号，1615—1624年。
5　加纳夏雄（1828—1898），日本金属雕刻家，曾担任制作明治政府新货币的原始模型的任务。

友情之碑

直木三十五的纪念碑建好了,建在多磨墓地[1]中——好得让人想要住下的地方。不久前登日本平[2],返程时看到的建在清水的北村透谷[3]的纪念碑,却是太严肃高大,没有文人之感。直木的碑则有其人风格,颇为轻松自在。那设计风格让人觉得即使附近散步的人歇脚时靠在上面,将胳膊肘搭在直木的头上谈情说爱,直木也绝不会生气。

众所周知,此碑全赖重情重义的菊池宽怀念故友而建成,碑铭自然也由菊池宽撰写。至今为止的墓志铭都过于偶像化故人,其内容沦为歌功颂德或是汉文的样板文章,几乎没有令人感到可

---

[1] 东京都内的都立公墓,日本最早的公园式陵园。
[2] 日本静冈市与清水市交界处有度山山顶附近的称呼,远眺富士山的著名观景台。
[3] 北村透谷(1868—1894),日本评论家、诗人。浪漫主义文学思想代表,与岛崎藤村等创办《文学界》。

亲的文章。然而直木的碑，文字数少，文辞也与菊池宽平时的行文并无二致，的的确确洋溢着友情，一看便知是朋友所建。与国家纪念碑、战役纪念碑乃至社团纪念碑都不一样，这是一块"友情之碑"。

普通的墓只会令人看空现世，赞同无常灰心之念，纪念碑则干脆利落，让人回忆起故人身影而不与死亡挂钩。

大概是因为以上的缘故，在揭幕仪式上，参加者中有故人的情人，她忍不住对身边的女性小声说道："我忽然很想见他呢。"这种场合下，此种情话着实不成体统，但纪念碑就是如此自然平易，会令人产生这样的心情，也是没有办法的事。

即使是石碑，只要显得可亲，仿佛露齿微笑，女性似乎就是会立刻在众人面前说出这种话来。

直木如果听见这话，一定会难为情地骂道："傻瓜。"

在今天这充满噪音、慌慌张张的社会中，无论是政治家还是实业家，重要人物过世后只要经过一年，即便不被社会民众忘却，也会变得印象稀薄。去年、前年去世的国家级人物不止十人，现在却难以一下子想起十个人来。文坛上的人更不必提，只如泡沫一般从铅字上消失，而过了一年后还能像这样成为话题，直木自身的努力虽不可或缺，他的这位良友也功不可没。

人过了四十岁，就难得交到朋友。然而在二三十岁时以为是朋友的人到了四十多岁，就各自定下了人生航程的方向而变得疏远。此时才明白比起父母亲或恋人，聚首一处嬉笑的酒友和玩伴之类，或许才更是人生道路的旅伴。如今的文坛虽然别无长处，但只有一点好，就是比起其他任何社会同僚，其友情都浓于水。

伊达政宗[1]

自古英雄有幸与不幸之分。

因为不幸与楠木正成[2]碰到一起，去世三百周年的伊达政宗全然没享受到称颂赞誉。然而如今东北文化、东北产业、东北民生等多个问题均已成为国策问题，尤其是为了鼓励内向的东北人打起精神，伊达政宗是值得在现代推广的人物之一。

德川家康评价政宗是"胆刚大才"，然而我认为这种先入为主的观念和独眼龙之类的称呼，反而使人误会了政宗。在与元

---

[1] 伊达政宗(1567—1636)，伊达氏第十七代家督，织丰时代奥羽地方著名大名，江户时代仙台藩始祖，幼名梵天丸，元服后字藤次郎。其名政宗（与中兴之祖九代家督政宗同名）即意味能达成霸业。小时候因为罹患疱疮（天花），右眼失明，故而人称"独眼龙政宗"。

[2] 楠木正成（1294—1336），日本镰仓末期至南北朝时期武将。奉后醍醐天皇之命为打倒镰仓幕府做出贡献，之后在迎击造反的足利尊氏（室町幕府初代将军）时战死。

龟[1]、天正[2]年间的大人物交过锋的家康看来，其大胆豪放这一点也是粗放得可怖，但比起谦信和信玄，政宗的性格和治国方策都更复杂，更有思想。

向欧洲派遣支仓六右卫门一事，史书多将其归结为政宗的征服欲，实际支仓是文化使节。身居片隅而能关注到宗教政策，在成长于战国时代的人中是十分罕见的。

政宗于青叶城[3]中建有王位的房间，在瑞严寺设置御座，可以看出他心中只把将军家视为傀儡。某次，政宗训斥家光道："天下究竟是谁的东西，你想过吗？"

攻打朝鲜时，政宗在自己的阵地中供奉天照皇大神[4]，插上太阳旗作战，还让士卒们也都用太阳旗。不为了区区秀吉而作战——此种决心可略窥一斑。如此，家光在政宗看来自然只如孩童一般了。

仙台藩君臣间的关系，据传比其他所有大藩都要紧密。重情重义是东北人的特征，也有很多美谈。

其中一则逸事如下：

---

1 日本室町幕府末期年号，1570—1573年。
2 日本织丰时代前期年号，1573—1592年。
3 仙台藩主伊达氏的居城，由伊达政宗建造。
4 即天照大御神。日本神话中的太阳神，天皇被认为是其后裔。

家臣石母田景赖从政宗处领得紧急任务，却一直蹲在兵营角落，迟迟不出发。

政宗训斥道："你在干什么？"

家臣回答说："道路难走，将草鞋重新编好再出发。"

政宗非常赞赏家臣的细心，说道："是吗。那这只鞋我来给你编。"

之后政宗就和家臣并排一起编好了一双草鞋，又送家臣出发了。

洗舌

我收到了一册名为《酒》的杂志。题字是田中贡太郎[1],目录所列的作者阵容也都是酒气冲天,创刊的干劲可见一斑,然而也令人担心这桶酒很快就要喝个底朝天。晚春时节,世界时势乃是禁酒论者退场的年代,据说在欧洲,酒精和火药正在成为人们最难舍弃的魔药。

或许这不是该和别人说的信条,但我并不觉得酒有害。饮三杯可,饮一合[2]亦可;半夜饮可,偶尔通宵品赏亦可。然而我不喝别人劝的酒,只在想喝时举杯。而且除了敬酒之外绝不把杯中喝光,只让想喝的酒入口润舌。

从二十四五岁到现在,我的酒量丝毫没变,不增亦不减。一

---

1 田中贡太郎(1880—1941),日本作家,著作种类丰富,有传记、随笔、怪谈等。
2 日本容积单位。1 合约 0.18 公升。

饮酒，看四周便好像多加了蜡烛的光亮而变得更清新，但我并不想沉湎其中。只喜微醺，如笔尖沾墨。

饮者不以酒量论高下。我以饮者自居，以为爱酒一事上并未落于人后，正如不擅下将棋，爱棋却不输于他人。

《畅叙谱》[1]的爱酒法，读起来虽然有趣，若按其中"饮酒时"的法令去做，如我这般人就要从早喝到晚了。我也有酒之法则，其中第一条便是"饮酒为洗舌"。这是因为我称自己喝的酒为"洗舌之物"。

古人有洗肠之说，我却没有体力喝太多酒。只想洗去舌上残滓，先就酒客的话题发一新声，而洗练味觉搜寻美食也另有乐趣。洗舌有酒三杯足矣，酒之害处从不挂心。

---

1 清代沈德潜所著，收录酒令等。

臭棋篓子之论

饮酒，酒客不单论酒量大；而下将棋，棋客也不单论棋力高。我饮酒只五勺，将棋约十级，然爱酒爱棋，却自信均是不落于人后的。

但菊池宽却说什么我的棋很臭。对决争斗上来看可以那么说，但实在是不解风情之语。棋盘的声音，棋子的触感之中，不也有禅意、茶味，有少许闲暇的乐趣吗？不论棋力高低，观察棋面上显露出的人品性格，比阅读小说中的心理描写可要有趣得多。

再者，臭棋篓子的优势在于可选择对手的范围广。下至二十三级上至八段，和谁都能下棋。连我也有大把能轻易取胜的对手，真是值得庆幸。和岩田专太郎[1]、三上於菟吉等人下棋时，大致也能体会到高手的心境，于棋中会心一笑。至于此处，有初

---

1 岩田专太郎（1901—1974），日本插画家、美术考据学者，被誉为昭和插画第一人。

段乃至二段水平的菊池，无论和高手还是和不擅下棋者对局，估计都是最无趣的将棋了。

大坂的"ban"

即使是同一文字,就语感和形状而言,也自然会有好恶之分,ban 就分"坂"和"阪"两字。双方都是一个意思,但按我的习惯,如果不是土字旁的坂,就觉得好像没写 ban 这个字,因此至今为止,我都只用"坂"字。

然而,某次我因担心其中或许有些微妙的意义差别才被分开使用,就去翻了《康熙字典》,发现解释基本都一样,韵也都是 fan,令人觉得无趣。

但是,每次我旅行去大坂,就又开始非常在意这件事了。因为无论车站名、报纸还是街上的广告,所有地方用到的字,在大坂都是整齐划一的"阪"字。按理说偶尔也应该有人出错,和我一样用"坂"字,但是我曾在旅行期间如同找一只跳蚤一般仔细注意,却发现从一次性筷子的口袋到擦手毛巾的地名,全部都是"阪"。

日本国内区分使用得如此明确，即使在《康熙字典》上是同义，也应该分为两个字。于大坂之外，却是"坂""阪"二字混用。而我自从注意到这点，则在往大坂写信时会用"阪"字。不久前我见到一位是纯正大坂人的金石研究家，才有机会提出了这个疑问。

那位学者告诉我大坂本地人嫌弃"坂"字不吉利。其中原因在于"坂"字是"返土"之意。看大坂城年表，从天正十一年动工，到元和元年就全部烧毁。元和五年重新修筑，至宽永[1]七年好容易才竣工，却很快在宽文[2]三年遭雷击，使得青屋口的火药库爆炸而大受损害。接下来便是宽文五年的火灾，天明[3]三年遭烧毁，还有庆应[4]四年正月的战火。

这样回顾起来，大坂城的确像是建起来便被烧掉的地方。而参考城市的火灾历史，会发现灾祸反复不断，不输于"江户之花"[5]。大坂本地人之间"返土"的迷信便传说开来，年代虽然不明确，总之在市政由幕府移交至明治政府之后，没过多久便决定大坂的"ban"今后应用"阪"字。

现在我手边正好有之前收到的《锦城复兴记》，是古川重春所写的大坂市天守阁复兴工程纪念刊物。展卷浏览，发现古川先生也严格区分使用"坂""阪"二字。江户时代的事项都用"坂"

---

1 日本江户初期年号，1624—1644年。
2 日本江户时期年号，1661—1673年。
3 日本江户末期年号，1781—1789年。
4 日本江户末期年号，1865—1868年。
5 日本俗语称"火灾和打架是江户之花"。

字,现代的事项则用"阪"字。再仔细看用字的区分点,明治五年的项目置大坂镇台一节中用"坂"字,而下一项中明治十九年置大阪炮兵工厂处已经改用"阪"字。如此一来,"坂"变为"阪"不是在维新后马上就变了,而是在明治五年至十年前后——我自己这样认定了,终于搞明白了这件事。

大坂城已经集合近代工业的精华,天守阁也变成钢筋混凝土结构,已经不必再担心会返回成尘土了,那么按我的习惯,将"阪"字写作"坂",应该也不会被大坂本地人斥为不吉利了吧。

市井杂音

四十初惑

一

我回想父亲四十岁前后时的样子,感觉他老成而严格,是五个子女的性格端正的严父。不知何时,我自己也已经迈入了四十之境,也因此开始对年龄抱有疑问——为何自己如此稚嫩,就一直无法长大成人呢。

三十而立,四十不惑,古人之言是真的吗?我等在历史上见过许多用实践证明此言非虚的人物,比如吉田松阴[1]、桥本景岳[2],或是维新史上的众多人物,大都是三十到四十岁间达成了功

---

[1] 吉田松阴(1830—1859),日本幕末思想家。长州藩士,开办松下村塾,培养了高杉晋作、久坂玄瑞等一批尊皇攘夷运动的领导人。

[2] 桥本景岳(1834—1859),日本幕末思想家。福井藩士,著作中有15岁时记载志向的《启发录》。

业。但是，从某种角度来看，志士的感情与忧国之情，种种行动，也可说是因为未成年才做到了。真正达到不惑的心境的人应该并不多。

像井伊直弼[1]那样的人，四十五岁时当上宰相，看似异常刚毅果断毫不让步，然而仔细观察其信念的根基，依然会发现其中缠绕着几乎可算是丢脸的迷茫不决。大盐平八郎[2]年过五十而丧命，而过了六十岁走上相同末路的源三位赖政[3]虽然亡身，却也可看作是为死得其所而选择的战场，没有大盐一般于迷惘中战死的感觉。然而有一点迷茫就是迷茫，就算很少，也并非不惑的心境了。

二

就这一点而言，如纯粹艺术派的田能村竹田，三十便隐遁，四十一二岁时在书简上就署名田翁、竹田叟，等等，真是苍老之人。竹田将生活本身艺术化，想要活在诗画与自然之中。然而，即便如竹田，年近五十时，在寄给友人的书简中，也不经意地流露出这样的心境：

> 说来颇为惭愧，从少年至今日，十岁到四十岁之间，

---

1 井伊直弼（1815—1860），日本幕末大老。未经天皇许可径自签署日本友好通商条约，镇压反对派（安政大狱），于万延元年在樱田门外遭暗杀。

2 大盐平八郎（1793—1837），日本江户后期儒学家，大阪町奉行与力。天保七年（1836）发生饥荒时向奉行提出救济灾民的主张，未被采纳。次年起义，失败后自尽。此处作者称其"年过五十而丧命"，恐为笔误。

3 源赖政（1104—1180），日本平安末期武将。治承四年（1180）奉以仁王之命举兵讨伐平氏，败于宇治后自尽。

自己的人生乐趣一直都在于不输于他人，不落后他人，陷入功利的宇治川中争抢上游，而将满足自己和家人不知餍足的享乐作为唯一的慰藉。然而略过了四十岁，却开始思考这样是否妥当，再也无法感到满足了。感觉到了一种本能，如同不足道的杂草之花希望自身枯萎后，自己的种族在明年春天、后年春天，依然能在这片土壤上盛开一般。虽然是非常平凡的动物本能，却也像是非常神秘的植物本能，总想要抛洒花粉，愿待风起，散播奋斗的意愿。三十岁时的确没有此种心情。

有道是衣食足而知礼节。衣食自然重要，随年龄而来的本能给工作带来的影响不是更大吗？从有显著差异的阶梯处，迷茫的双眼会找寻到新的自我。

在三十来岁时被说不像话的男人，到了四十却面目一新的事例，不正是如此吗？我自己也对思想因年龄变化的说法很不以为然，到了四十也自以为不曾改变。但是看看对身边琐事乃至对妻子的态度，却不知不觉间已经有了变化。粗略来讲，二十八九岁时的自己面对妻子，说不上两句话就想要呵斥甚至动手；到了三十，则担心丢掉工作而转身逃避；最近一两年过了四十，终于开始觉得工作、身体和一辈子的生活都很重要，就算要讨好妻子也希望家庭能温馨明快，所以有时不论是何种无理要求，也都会去满足她了。

无论是实业家、政治家还是其他任何职业的人，衣食足而已经四十岁前后的人，应该也都有类似的心境变化，即有想要在享乐和功业之外，于社会中散播自己花粉的意愿。

从这一点上说来，古人所云四十不惑，我以为也可以说是四十初惑。幼稚如我，到了这个时节，才终于能品到四十初惑的滋味。

没有屋顶的人

无论是社交场合还是紧凑的座谈会,太过赤裸的人容易吃亏,遭人误会。因为文人作为社会中人的生活实在太过赤裸,文人便吃亏而被人误会。比如说——

比如说——因为顾虑某一事件而将久米正雄[1]的文章从教科书中删除,直木三十五被税务署视作富人中逃税惯犯的同类,菊池、大佛[2]等文坛人物则被认为流连自家的游艇、赛马场、海滨、舞厅和本牧[3]。将文人视为沉溺麻将、酒馆,四处猎艳者,既无国家观念也无社会苦恼,如同路上的碎纸一般,在人们的脚底下轻飘飘地飞来飞去的阶层。

---

[1] 久米正雄(1891—1952),日本小说家、剧作家。师从夏目漱石,创造方向由纯文学转为大众文学。

[2] 大佛次郎(1897—1973),日本小说家。受西方文化熏陶,在历史小说方面开辟了新领域。

[3] 东京都台东区商业的说书馆。

小道消息有罪责，胡说八道的私小说和文人评判也有弊害。政治家、实业家、美术家、医生，所有职业之中，没有哪种职业比得上文人，生活被暴露得一干二净。公众面前赤身露体是违法的，还会有损文化粉饰的表象。

然而想要不赤身露体也难。昨天《读卖新闻》的记者上门，问我的收入是多少。按照税务署的调查结果敬告，却被追问说还有剩下的部分吗。回答说没有剩下的了，立刻又质问我钱的用途是什么。悲哉。只因身为文人，连寄给没有生活能力的亲属的生活费都被逼问了出来。

莅临文艺院创立的政界人士对文坛有相应的理解，但也可说其中有的人，譬如政府官员或其他职业的人，了解文人比起他人是如何赤裸，是没有屋顶的人，乃至不自觉地将文人视为给国家添麻烦的人物。

事实并非如此。政府官员、学者、军人，无论是谁，有愿意与我同住一月了解文坛实情者，我愿免费提供住宿。

前几天我的弟弟通过某人交换相亲用的照片时，对方却道，您的兄长似乎是文人，因此而犹豫不决。我为此而慨叹。我的弟弟已经二十八岁却仍是童贞，不知女性，是明日若受国家征召便会赴死的好青年。文人的家庭，并不是都丢满了麻将牌和空酒瓶的啊。

岁寒饥语

每到十二月,我就会忆起往事。

汉姆生[1]的《饥饿》中,有一个礼拜都没吃东西的人,捡到路边的牛骨,一下子咬上去后就开始呕吐。但那人还是幸福的,因为他是独身。

独身的人,若汉姆生的《饥饿》一般的人生,并不算什么大事业。不说别的,只有自己一个却饿成那个样子就很滑稽。

回顾我的贫穷史,是从少年十二岁的时候便已开始了。

因为小学离家近,午饭我都是回家吃。一天狼吞虎咽吃下鲑鱼茶泡饭,拎着草鞋袋子要向学校跑去时,偏巧那天从后门醉醺醺地归来的父亲对我怒吼道:

"你不用再去学校了。"

---

1 克努特·汉姆生(1859—1952),挪威小说家,获1920年诺贝尔文学奖。

从那之后，我就被迫退学了。

第二天，套上藏青地碎白花的衣服，扣上鸭舌帽，被宣告说要去亲戚家打工时曾号啕大哭的事，我一直无法忘怀。

当时我虽然恨父亲粗暴，但长大之后听母亲说当时父亲正落魄。——据说，那正是父亲赌上多年财产的诉讼被大审院宣告败诉，从东京到横滨的归途上，在花月、大森之曙，还有神奈川的神风，喝得烂醉如泥地走着，身上裹的也分不清是大衣还是泥巴而回到家的时候。

亲戚家的印章店说我"这小子不顶用"，才两个月就把我送回了家。

我觉得我没少顶用，但貌似是惹恼了脾气火爆的女主人而被赶了出来。

原因是这位女主人在起居室请人梳头时的脸庞显得非常之长，看上去样貌奇特，我在店里恶作剧画她，却被发觉了。梳头人离开后，她就让我去凑町买臭咸鱼干回来。等我回来，店主已经专门写好信等着我了，而老实直率的店主夫妇又对我谆谆教导："像你这样可怕的家伙，日后还不知会变成个什么呢。"

回到家一看，已是十二月份，贫穷的阴影已经笼罩上来了。

父亲叫来旧货铺的人，说"半夜里悄悄过来"，像是在商量什么事。等过了深夜十二点，旧货铺如同五右卫门[1]的手下一般，拉了两辆大板车悄悄地过来了。

二楼的一间房一下子就变得空荡荡了。

我还记得小橱柜、匾额等被从二楼抬下去，楼下父亲挥手说

---

1 日本织丰时代传说中的大盗。据传于京都三条河原被处以煎刑。

道:"邻居会被吵醒的,小点声小点声。"

之后我再询问,才知道父亲把那相当大的一栋宅子的家财,按这一间房多少钱,那一间房多少钱,按顺序一全套地都卖给了那家旧货铺。

转瞬之间就一穷二白了。我家变得揭不开锅时,那家旧货铺让人力车夫带来风月堂的盒装礼品点心,向我们道谢:"托您的福,小店从那之后,便十分兴隆。"

觉得年末特别,是因为还宽裕。真的穷起来,每天都是十二月,每晚都是除夕夜。

这么说并非嘴硬,但贫穷这件事,身在其中的人并没有描述起来那样悲惨凄凉。

以我的实际感受,甚至有股痛快的滋味。虽然哭丧着脸,但也有想笑的事。贫穷将悲喜交集的人生放大来给人看。

我下面有六个弟妹,或流着鼻涕,或嗷嗷待哺。家中一散架,父亲立刻就隐退到病床上去了,而母亲和我则成为生活战线上的斗士。

然而两位斗士一面立于饥饿边缘,一面却对社会中的斗争方法一无所知。我是初次上战场,也是没有办法,而母亲除了卖东西和去当铺,就不知道别的收入方法了。她是辞退了女佣,之后一阵子去买葱和牛肉时,就会乘着人力车回来的人。

这样的母亲,受饥饿的教诲,也去做缝补东西、帮人梳头之类的活计来为孩子们讨一口饭吃。有一次她将自己的衣服典当了,无衣蔽体之时,附近的邻居招呼说是有活儿想请她干。要拒绝又舍不得,衣服又没有,思来想去,把很久之前做名为绿屋的杂货店时留下的门帘裹在身上出了门。

我作过这样一首川柳：

穷到头来相对笑。

实际上，母亲的确没有哭。饿着肚子的一家子，看着她的样子都笑了。

中学的后面有一块地种着土豆，我也经常每夜都去偷土豆。虽然知道这事不对，但也是无计可施了。

我将两天都没吃饭的弟妹们留下，去偷土豆时的心情一点都不悲惨，只觉得有一种无法用道理说明的信念。田间的晦暗不明虽然可怕，但将手一把伸到柔软的黑土之中时，我就感觉到了神的肌肤。在夜间微温的土壤中，用手指摸索到无数的大小土豆时的战栗，是穷过才能体会到的快感。就算是恋人的肌肤也不会那样温暖，就算是在兜町[1]赚到的钱，也没有那样"抓住了"的感觉。

饥饿边缘不是将人变得极坏，就是将人情变得极美好。

年幼的孩子望着食物说："我吃饱了。"这句话实在太过美好。

十七岁那年的年末，家人把生味噌用热水稀释，一家人喝了三天。那时的社会福祉还不完善，也没有民生委员。

全家人都饿得像比目鱼一样扁平，就此饿死家中估计一墙之隔的人也不会察觉到。我当时还没有印刷厂的工作，富士纺织厂的活也做完了，不知道该干什么，听说有了职业介绍所这样的地

---

[1] 东京都中央区的地名。有东京证券交易所等多家金融机构。

方,就去求职了。

那时是腊月二十八九前后,为海军小卖部提供杂货的续木商店中有小店员的工作,但我家中还有饿肚子的父母和弟妹。

我说明了情况,问:"能先借给我一个月的工资吗?"对方回答说若是已去工作,倒是可以借一些,但现在不行。作为代替,介绍所的救世军士官说"你很勇敢",给了我一把用报纸包起来的腌菜。

腌菜也可以让人活上两天。但现在是除夕,是新年,想借钱也没法借,什么都没有。卖的东西、吃的东西、穿的东西,一样都没有。

常听到把地板卸了当柴烧的贫穷故事,我就随手扒拉外廊地板下面,却发现有房子前任主人忘掉的一把铁锹。这是上天保佑,我当时真心是这样想的。我扛着铁锹去了旧货铺,逼着对方用十六钱买下了铁锹。我记得当时的确说是给十五钱,我费尽了口舌让人多付了一钱。

路边小摊的长条年糕一块要七钱。

弟弟妹妹们都欣喜若狂。然而,在明朗的元旦清晨,天真无邪的他们在茶碗中用筷子搅来搅去,却只有黏糊糊的汤汁,找了半天,也没有年糕形状的东西。

到续木商店工作后,干活时妹妹也时不时会来找我,紧急通知家中挨饿的境况。

"哥哥,要是有一点零用钱的话……"当母亲这样派人来时,多半都是已经绝食好几天的紧急状况。有一次,听说母亲和弟妹们都晕倒了,我慌了:"这次不会是真饿死了吧。"我向店主请了假,向家赶去,又想弄点吃的来最要紧,就在途中去了荞麦面店,准备了五份浇汁荞麦面。进家门一看,母亲和病床上的父亲还有弟妹们,真的都脸色发青,眼窝深陷。

我想要大家都好好打起精神来,就递上了荞麦面。欢乐、欢喜、人类最大限度的兴奋昂扬,都从廉价荞麦面散发着酱油味的热气中升腾起来了。

我放下心后就回去了,之后读到母亲的信,才觉得自己犯了大错对不起家人。当时我身无分文,完全没想到荞麦面的价钱。不必说,那之后一个多月,母亲每天都像小偷一样被荞麦店送外卖的人站在门口骂,只因为那不到十钱的面钱。

或许是因为已经触及了人生的谷底,不知为何,我自己建立家庭后却没有像父母一样遭遇束手无策的饥饿或是悲惨的除夕夜。

因此,十二月在一年之中是最愉快的。即使是报社工作的微薄工资被便当钱、衣服的月付款、书店等的花销撕得四分五裂,将青灰色的一鳞半爪装进口袋回家的年末,想到的也不是"随他去吧",而是"该怎么过呢",对过年抱有兴趣,成功渡过难关后又有快感。

就算政府什么都不说,到了十二月,街头的气氛也都会变得不寻常,生活被武装起来。——那种氛围,那种紧张的生活活力,是我非常喜欢的。无论自己的经济状况是窘迫还是轻松,都非常喜欢。

然而近来街头的年末风景,却好似变得稀薄了不少。现在几乎没有和我的父母一样缺乏生活能力的人,所有的人都很聪明,平时就为特殊时期做着准备。

妻子为应付讨债人和准备迎春而妙计百出,丈夫的幽默或自暴自弃,又或是连夜逃债,在如今都不多见了。

临近除夕时的执行官或是路边自杀式的醉汉也都不是现代风物,相反,正月却越发冷淡了。现代唯一的除夕从东京站的月台上被夜行列车吸走,消失到不知何处去了。

如此有只讲别人而对自己避而不谈之嫌,但作为年末的故事之一,我会想起父亲讲的祖父和叔公的逸事。

那位叔公在维新时作为青年志士参加了伏见鸟羽之战[1],之后回到了藩地小田原,和大部分在京都待过的青年志士们一样,叔公也带着光荣的花柳病回乡了。

不久后政府向士族发放了一次性津贴,叔公也拿到了一笔不少的钱。然而这钱也按每晚二十五钱花在了小田原的花街柳巷之中——就当时的游乐费用而言据说是相当不少。如此浪费了个精光,没钱之后就每天一屁股坐在南边的外廊下。

叔公虽是武士,却是个潇洒风流的人,并不是枯坐。他将扫帚抱在膝上,嘴里哼着京都学来的三味线小调什么的,还会一天三次把阴干后挂在房檐下的马的 ××[2] 用小刀削下一点,煎好后喝下。

某年除夕,祖父有不得不用钱的事而去请这位叔公帮忙,却发现钱都被花到烟花巷了。叔公反而说自己这边连明天买年糕的钱都没有,想去你那里借钱,然而让女仆去说又说不清,自己则生病站不起来,正发愁呢你就来了,还请把手头上的钱拿出一些

---

1 1868年1月在京都发生的旧幕府军与萨长藩兵的战斗,为戊辰战争的绪战。
2 原文即为 ×。根据本书《英杰与凡人》篇的描述,应为马的生殖器。

来，大家共渡难关。祖父被叔公这样胡乱痴缠一番，才知他生活如此放荡，便拔刀威胁道："不成体统，我砍了你！"然而叔公的身体已经逃都逃不动了，只是双手合十告饶："我不要钱了，饶我一命吧。"

除夕之日本身也大有变迁。我的妻子不幸未曾品尝年末窘迫的深切痛苦与快乐，所以有时会倦于衣食不愁的现在，也不顾忌世间，说什么傻话："刚有家还穷的那个时候最有趣。"我想，将来应该也有她尝到真正的十二月和贫穷滋味的时候。

隧道

朝雾弥漫的路上,芋头叶子上的露水还未干。我经常只穿一件睡衣,起床后就马上去小柴渔村散步。

我在湘南金泽度过了这个夏天,而这正是我喜爱而期待的日课之一。

金泽和军港横须贺可称是一衣带水,因都市来客而热闹的海水浴场被避暑游客占满,而贪享午睡,张着大嘴的天空也被不断武装了起来。

避暑游客还不太出门的朝雾之中,经常能碰见身着便服的宪兵。

宪兵快活地笑着打招呼说,早上好。

认识的人,不认识的人,都说着早上好,共同欣赏晨间时光的心情,是在都会中无法品尝到的。

——早上好。

——好，谢谢啦。

金泽和小柴之间有一条短短的隧道。在隧道之中，我向前走着，感觉到有两个人在身后大声地互相问好。

一回头，发现是背着废纸筐的收废品者和拎着鱼篮的渔婆。

——你是哪里来的？都这时候啦。

老婆婆这样一问，收废品的人就说：

——从横滨来的，三点半起来过来的。

——比起三点起来，到离着四五里地的地方来，在横滨干活应该更赚呀。

——但是在横滨干一天，再怎样也只能赚到三十五钱。到金泽来的话，因为有避暑游客，能赚到五十钱。

——原先以为收废品的是捡不要钱的东西，轻松得很，果然还是不容易。

——捡不要钱的东西就轻松的话，那打鱼不也轻松了？

——还是难得很啊。

——别人看着收废品的轻松，但就这活计也是要动脑筋的。身上瘦得骨头都看得见了，老婆孩子都快没饭吃了……

收废品者感叹收废品也要动脑，我不觉苦笑。

——批发店的行市跌价了，破布现在一贯是三十几钱，而且没有抹布大小的都卖不出去；空瓶子是七厘一个，高点的是一钱二厘，要背上一百个瓶子，就累垮了。要在路边捡到一贯的破布，要花一个礼拜。攒一百个空瓶，更要费大把的劳力和时间。最近景气不好，像是废纸和旧袜子之类的，搬上好几筐过去，也都远远不够一升米的价钱。

据说，要想着是否卖去批发店，还要仔细考虑废品的价格和背起来的负担来捡，否则就是吃力不讨好。

就这样在没人知道的地方费着脑筋，清早三点半起床，却还是几乎养活不了一家五口——收废品者的叹息将昏暗的隧道变得如同人生的道路一般，面对着打鱼的老婆婆，诉说不绝。

我也走在同一条隧道中，我也走在同样的人生道路上。

——真可怜，没有道理啊。我忍不住这样想。

为了十五钱之差而走上四里地，三点半起床，在黑暗中返回横滨的这个男人，不能算是懒汉。我想，他想起一家五个人晚上要怎么过，不要说酒，连一杯冰水可能都不敢喝了。

早早起来，比别人努力一倍，却还要挨饿是不合道理的，可以说是社会缺陷的一个例子。但是，他也搞错了自己努力的方向。

我是这么想的。

以他的勤勉拼命，若是用于其他的职业，应该更为成功，实在没有挨饿的道理。

我自己也有在苦难时代辗转多种职业的经历，觉得收废品者的处世方法实在不值。

——好，跟他说说自己的意见吧。

我认真地想着，走到隧道之外后就坐在路边的石头上，等着收废品者。

然而等我看到从隧道中出来的收废品者那活力十足的劳动景象，就一下子改变主意了。

——这是多余的。

我默默地看着收废品者。

他在昏暗的隧道中虽然发了牢骚，但一出来，头顶刚沐浴到阳光，就将眼睛瞪得如铜铃一般，双手则仿佛饥饿的鹭鸟一样将路边的草丛翻来翻去，一看到有像是到海边游泳的团体游客丢下的垃圾堆，就敏捷地把破布、空瓶、旧帽子什么的都挑拣着装到背后的筐里了。没有任何不满——不，偶尔从垃圾堆里发现一条白色的内裤，就如同碰见了钻石一样，小心翼翼地将土掸掉装进腰间另一个筐中。

我看着种种若是没有遇到他恐无法再回顾世间的废物，又因他而复活成为人类的生存物资的模样，由衷感到——那份职业对社会也是必要的。这个社会是需要那位收废品者的。

我一面感谢着收废品者，一面同情他那微薄的报酬，这次反过来跟在他身后走了起来。

原来如此，他的眼睛和头脑，都一刻不停地活用在路边上，和我的散步大不相同。

感谢——我虽与他素不相识，但他的身姿对我而言，不折不扣就是让人充满感谢之情的背影。

望向海岸，乙鞆和町屋的海水浴场内，已经热热闹闹的满是身着华丽泳衣的城里人和带着阳伞与小艇的游客了。

天空中，由追滨起飞的双层或单层机翼的十几架训练机今天也正与烈日格斗，如同非常时期日本的心脏一般，轰轰作响地飞行着。我回到住处，想着早饭的大米真白净，拿着筷子思考，思考日本的侧脸、背影和正面。

故人凡骨

终究还是死了啊，凡骨，伊上凡骨[1]君死了。

是吗？通知上写的是急性肾衰竭。享年五十九岁，我知道了。还有，您能提供一张照片吗？

对，就是我们新闻的早报。好，那就拜托您了，现在就从报社派人过去。

是《读卖新闻》的迷亭君和平林君打来的电话。我挂断电话刚要坐下，对方却又打了过来，迷亭君说：

"正要写原稿才想起来，您知道凡骨君的本名是什么吗？"

不太清楚。

是有本名的吧。

那当然是有的了。

我这么说着，也觉得有些好笑。认识凡骨已经有二十年了，

---

[1] 伊上凡骨（1875—1933），日本木版画雕刻家，用木板雕刻巧妙表现水彩画及素描等作品的质感，曾为《明星》制作插画。

却想来想去也想不起他的本名。结果还是请新潮社去调查,才知道叫纯藏。他原来是伊上纯藏君。

故人去世次日。

在棺材前,正好在场的与谢野铁干[1]是这样说的——

凡骨这名字,是我给起的。原先本人说的是叫伊上仙骨,我说仙骨听着奇怪,不是你的风格,所以还是叫凡骨好些。

还有,木板雕刻是艺术,你身为雕刻家,同时必须也是艺术家——这样子给他灌输艺术家自觉的也是我。往后呢,大概是效果好过头了,我们自己反而吃了点苦头,又想着不知对伊上君来说,这事究竟是好还是坏。

他又看了一眼棺材,笑了。

我直到凡骨死后才终于意识到他也有本名,多半凡骨自己也是直到死前都忘了自己还有个叫纯藏的名字。

因为在世间,凡骨之名实在是如雷贯耳,而他本人也相当自得。

高人凡骨、奇人凡骨、川柳家凡骨,虽然偏向负面,但总能听到他的名字。无论是为其天职的木板雕刻界还是美术家之间,又或是文坛众人和川柳同好的交流间,众人对他的印象都是风格奇特,一见难忘。

从侧面看,分为两阶而太过高耸有些畸形的鼻梁,其中好像塞了什么东西一般,从额头到后脑勺格外凸起的尖脑袋,还有说到兴起时能摇动隔扇和房梁的洪亮声音,诸如此类,都是难以归

---

[1] 与谢野铁干(1873—1935),日本歌人、诗人,本名宽。为《明星》的创办做出贡献。

类的特点。所以，即使是只住过一次的旅馆，或是初次见面，在客厅与他稍微碰上的人，也都会立刻记住凡骨。

还有，除非是老毛病哮喘令他衰弱消沉，否则，只要话题投机，无论和谁，他都能立刻谈笑风生。将想必饱含了梅毒病菌的白色唾沫星子由嘴唇两侧毫无忌惮地喷出来，伸着干瘦的胳膊耸着肩。又渐渐地因自己的话语而激动，变得要哭或是生起气来。在说着"没错，没错"的时候，那个大大的尖脑袋会冲着他盘腿而坐时股间可看见的白色越中裈一下下地点头。

凡骨去世的前月是十二月。

他抱怨自己的神经痛，说这下子可玩完了。

还说他的故乡是四国，要是死了想让人把他送到德岛去。

我按往常一样的玩笑话，回答道,说起来德岛有写乐[1]的碑呢。你崇拜写乐，脸长得也像写乐画的脸，这不正好，记得在遗言里写上要把你埋在那碑旁边。

我这么一说,他就露出牙齿大笑着说,遗言吗？又是,遗言吗？

他抱着自己的尖脑袋，独自笑个不停。

他是想起遗言在十二三年前已经写过了。

将死，速来。

他给朋友们发了电报。我记得是鬼一郎、茶喜次、乡左卫门和我四个人。

众人都吃了一惊，急忙前去，每个人都脸色发青。

在枕边看见朋友的面孔，凡骨奄奄一息地说出了种种身后嘱

---

[1] 东洲斋写乐，日本江户后期浮世绘画师。经历不详，于1794—1795年间创作演员及武士等人物题材画像。作品极度夸张人物性格和造型，给人以强烈印象。

托，但说着说着，鬼一郎与临终的凡骨就辩论起来了。

凡骨说，我是无宗教的，所以葬礼无论是寺庙教会还是神道式的都不好，就借个青年会馆，和大家道个别。

于是鬼一郎便较真起来，说鸟之将死而其声美，你这家伙临死了还说什么无宗教，真不像话，真是旁门左道岂有此理，还不赶紧合十行礼。

凡骨勃然变色，说要死的是我，你这不是多管闲事吗。怒吼着说无宗教就是无宗教，绝对不去庙里。

说什么胡话，鬼一郎憋红了脸。又激动道，你这混账，是要下地狱的货。

管他是下地狱还是往生极乐，是我死，要你管。凡骨这么说着，不知何时，已经把临终的枕头放到了盘坐的腿上，瘦骨嶙峋的胳膊贴在上面，唾沫横飞地谈着无宗教论，与日莲主义者的鬼一郎如同狗和猴子一般，开始争执不休。

之后凡骨出了一身的汗，还说是累了，让给拿份金枪鱼刺身来。然而果然他还是没有气力吃喝了，只说让大家就在枕边吃起来，一起喝上二三杯，权且当作纪念，就此散了。

那之后我也一直注意着，想着死亡通知今天会来吗，还是明天会来。但我还在担心，就收到了凡骨和某个女子联名由热海寄来，画着梅园的明信片：

前日多有失敬之处。

我现在到温泉来了。梅花疏朗，当地气候十分温暖。

凡骨如上述这般的奇异行径不胜枚举。

我接触川柳远远晚于凡骨，是他的后辈，与他熟悉起来，也是因为商量书籍装帧而开始来往，所以我只了解晚年的他。

即使如此，往事也难以胜数。我记得，那是为了《贝壳一平》的装帧而时不时见面时的事了。

凡骨一来，就会住上一周，长的时候住了足足十二天。我很忙而不能作陪，凡骨却不觉得无聊或难受，住在我这里，只是自顾自地说话，自顾自地生活。

他说话的声音大，周围邻居似乎是以为在吵架，某次凡骨一走，据说附近的推销员就问厨房帮佣的女人道："最近您家的老爷子是不在家吗？"

有一次，我和凡骨二人曾围坐在火炉边，絮絮叨叨地聊个不停，整整四天除了上厕所都不曾走开。

一陪他说话，凡骨就会说得兴起，没完没了。我因为忙，想着不要去陪他说，他就找上家里的某个人。听到他那兴致勃勃的声音，我也就不自觉地被拉了过去，开始应答附和。

我想，正是这种性格招人喜爱。文坛中与他交好的人，以与谢野夫妇为首，像里见弴、中户川[1]、久米、吉井[2]等人，也都是他的朋友。难得他们能接受他，与他保持交流。画家和雕刻家之中，尤其将他视为一种高人的典范。钢笔画木板雕刻盛行的时代，《明星》《文库》时代，还有夏目漱石和芥川龙之介的装帧雕刻，在凡骨的雕刻刀之下的时代中，他都是国宝。美术学校会教的这些说法，也都是事实。

我真正尊敬他的一点，是他面对自身工作时的狂热。那份狂

---

[1] 中户川吉二（1896—1942），日本作家，师从里见弴。

[2] 吉井勇（1886—1960），日本诗人、歌人、剧作家。与北原白秋等编辑杂志《昴》。

热才正是那个尖脑袋中伟大的宝藏。非常有高人风范，非常有大丈夫气魄，我就喜欢这一点。

除此之外的凡骨全都是人生的恶作剧。

近乎疯狂的热情有时会在酒席间或是游乐中迸发出来，也是无可奈何之事。

他直到去世当年都沉迷的赛马就是其中之一。一谈起赛马，在榻榻米上凡骨就会握起缰绳，咬紧牙关，骑起马来。

他在目黑的赛马场曾经因为太过激动而从观众席上摔下来。好像是在观战途中，把自己也当成骑手了。

不知何时，貌似澄宫殿下也注意到了一群观众中这一位怪人，一看到凡骨的脸，就用手指着他，对身边的侍从小声说：

"来了，来了。"

凡骨在川柳上的经验虽然远比我深厚，所作词句却太缺乏技巧，都是和他工作中所用的樱桃木一般原材料式的句子。

诗作拙劣，数量还少。不是作品精练，而是不写或者写不出。

但是每首作品都是如凡骨其人的川柳。不是歌人、诗人，也不是俳人。他就是川柳人。

与谢野晶子[1]写有凡骨十作，吉井勇的诗歌中也有几首是吟咏凡骨的，在他本人看来，应该是有些难为情的吧。

他喜欢的是川柳，十年都没写一首诗了，在座谈时却经常会谈起川柳。他也明白自己的作品拙劣，得意时却还是办了一本名

---

1 与谢野晶子（1878—1942），日本歌人、诗人。于《明星》发表诗作，以热情奔放、充满幻想美的创作风格成为浪漫主义诗歌的代表作家。与谢野铁干之妻。

为《川柳村》的杂志。当然,这是他干的事,并没有坚持下去。

凡骨的好友之中,比起我这样的,关系最深厚的是饴坊[1]。二人是无话不谈的好友,据说两家之间的亲密交流和亲戚也没什么两样。

但是这六七年间,不知为了什么而有了龃龉,中断了交往。正如朋友相交中常见的情形,之前关系好,断了往来后双方却愈发反目了。

前去悼念凡骨的当天晚上,我忽然想起了不在场的饴坊,便不经意地提醒凡骨的遗孀说:

"听说近藤君也在卧病,病得也不轻,您看通知他家人时,是不是小心点别让本人听见比较好。"

我说这话真的是不经意的,但或许也是有了预感。收到凡骨去世的通知书,近藤家的人与其交情深厚,一不小心就说漏了嘴:"凡骨先生死了,是凡骨先生死了。"而近藤夫人还难过地哭了出来。

在旁边房间躺着的饴坊听到声音,突然在病床上喊道:"给我看看。"坚持说要看,死乞白赖怎么劝都不听。他仰卧着盯着那份通知看,突然大叫两声"凡骨,凡骨",又冲着天花板喊道:"凡骨你死了啊。我想见你啊凡骨。"

我事后从凡骨遗孀处听说这件事,不知为何眼眶发热了。饴坊很快也死了。一个人去世了,另一个就喊着"喂——"追随着也走了,我想,这两个人的缘分就是如此深厚。

---

[1] 近藤饴坊,川柳诗人。

书斋与主人

近来即使是打呵欠也吟不出什么诗句,但偶然一次,《朝日新闻》的同情周间[1]请我写一张诗笺,我便写了去年年末的事:

世间纷乱不寻常,小院五坪[2]山茶花。

去年,做木匠的亲戚将这狭小的庭院角落鼓捣了一番,盖起一间不到三张榻榻米大小的书斋。来客经常会问这是茶室吗,然而我虽然理解品茶的心情,却没有可以将茶实际准备出来的知识。虽然说是书斋,但其中连放书架的地方都没有,狭窄到只能放下一张桑木桌子再加一个人。

对生活而言,这看起来仿佛是无用的,但对我而言却是必要

---

1 同情周间,20世纪初期日本部分新闻机构和民间福祉组织举办的公益活动,于报纸专栏呼吁读者捐款给贫困者。

2 日本面积单位。1坪约等于3.306平方米。

的无用。脱胎于近代物质至上主义中的生活，去除了太多的无用。就好像餐馆中的厨师忘记了烹饪所余的边角料中也不乏精神成分，而毫不珍惜地扔掉了。

没有无用部分的服装，没有无用之处的家，没有无用之处的房间。一看便知住在其中的主人性格精干，为现代生活之表率。

这确实是好事。生活的科学化是人类的进步之一，各人各家的样式虽然变了，但无用之事物看来并不会从社会中消失。银座的陈列窗和灯饰之类的，其辉煌应该是来自与实际生活需求不相干的燃烧。

简单来说，无用即使从家庭中消失，也不会从社会上消失。不如说尽是无用之物，不事生产的都市才是现代的精华，是都市之美的魁首。我想，人类生活的土地上，这点是永世不易的。

如此看来，无用不在家中而在外面。若建在庭院一隅，三张榻榻米大小的无用书斋之流，还是可以容忍的。我怀着这种想法，不时享受着三张榻榻米的小天地。

法国的大众文学作家德哥派拉先生[1]说想看看日本文人写作的状态，就由平野零儿[2]和一位实业家的夫人领着突然来了我家，让我将那三张榻榻米大的房间给他们看。

平野君让德哥派拉穿庭院用的木屐，但他却摇摇头，穿着袜子踮着脚，踩着庭院中的踏脚石走了过去。他想进书斋，但那房

---

1 德哥派拉（1885—1973），法国小说家、记者。作品运用独特的幽默感批评现代文明。

2 平野零儿（1897—1961），日本作家、小说家。

间的入口比一般六尺高的规格还要矮,脑袋就砰的一声撞到了门框上。

众人皆捧腹大笑,而德哥派拉先生则像是进了笼子的猴子一般一脸茫然,只对着躺下就会卡住的墙伸开腿坐下,喃喃道:

——这是世界上最小的书斋。

等众人都回到客厅,德哥派拉先生讲起了自己在巴黎郊外的书斋的构造。又说到《卧铺列车的新娘》和其他著作的畅销,他现在有三四百万円的资产。而他的书斋则参考法国某军舰的小卖部和房间的样式,按下一个按钮,就能乘电梯前往酒吧、理发店或舞厅,还补充说道:

——应该是世界上最大的书斋了。

是吗是吗,大家都像听小孩子说话一般笑着点头,德哥派拉则又抬头看着挂在楣窗处的匾额,问上面写的是什么。

平野君回答说是佐久间象山[1]的字,写的是"晚节香",又被问这晚节香是什么。负责翻译的实业家夫人和报社外事处的人都给难住了,但还是勉强翻译过去,不知德哥派拉先生是怎么理解的,他深深地点头,说:

——若是法国,就会写"要敬爱妻子"。

午餐时,大家在别处围坐一起吃日本料理,一上菜,德哥派拉先生很快就用筷子拨弄乱了,以日本人的眼光来看很是可惜。他把作为搭配的鲜嫩蔬菜、嫩芽乃至花朵都用筷子尖端拈开,在他眼中,这些东西看来仿佛与尘埃无二。

---

1 佐久间象山(1811—1864),日本幕末思想家、军事学家。精通兰学、炮术,提倡"东洋道德,西洋技术"。培养出胜海舟、吉田松阴等人,后遭攘夷派志士暗杀。

我想，到头来，德哥派拉先生从日本带走的除了女服务生和艺伎的印象，也就没别的了。事后我觉得他是白白旅行了一次，但我这边也是消磨时间的无聊一日。

与德哥派拉先生的写作水平一样的人，日本的青年作家中也有几人。即使与川口松太郎[1]的作品并列来看，不偏袒地说，川口君的作品要强得多。要是直木三十五生在法国，一定能成为可以把德哥派拉雇来当服务生的富豪了。

但他却不幸生于日本文坛，落得连一辆破车都买不起，还被当作逃税者欺负。身处这样的国家和文坛之中，却以病弱之躯高唱日本主义，不知该说是壮烈还是悲惨，真是无言可追悼他。

我想，不仅是工业和军备，现今日本的文坛与外国相比并无丝毫逊色。纯文学的青年作家间，是否有这种信念呢？只是，我觉得侦探小说是例外。

还有一位外国女性经常会到我的书斋来。她是个纯粹的德国人，但无论是对饮食还是对日本人的家庭及爱好，其理解都远比德哥派拉深刻，而她探究东洋文化的态度也更认真。

总而言之，我想比起法国人，德国人日后会更早地理解东洋。自然，也有如数年前赴日的法国大使克洛岱尔[2]先生那样，虽非文人，却很了解文学和美术的人。

与创作一部文学名著一样，要造出一件真正有独创性的事物，如茶室之类的，也都要煞费苦心努力而成。鉴赏古人流传下的东西，若好的文学、不朽的美术作品等，其价值都毫不逊色。

---

[1] 川口松太郎（1899—1985），日本小说家、剧作家。
[2] 保罗·克洛岱尔（1868—1955），法国诗人、剧作家、外交家。曾作为外交官先后于中国和日本驻留。

即使只是借现成的小储物间盖起来不过三张榻榻米大小的书房,也都颇费心思。建好之后在里面一坐,其中失败之处马上能看清,就和阅读自己已经印成铅字的小说便能看出其中缺点一样。

然而不同于茶室,书斋的轻松之处在于只要说"这样也好",不知不觉间它就会变得十分适合自己。他人眼中的狭窄不便和采光条件恶劣,于主人看来也变成了好处,带上了主人的风格。

因此,就像绝对的艺术不容他人置喙一样,书斋的好恶不可批评。无论是怎样的书斋,都是主人的特色、气氛乃至生活的个性。

如同鸟与鸟巢,动物与自然一般,自古以来为独自喜爱,难以割舍的房间起上一个同样是自己感到独有趣味的名字一事屡见不鲜。这自然是中国遗风,而书斋之名也会是主人的名号,因此书斋与其主可谓是一名同体,其中可以同时窥见书斋的趣向与主人的风貌。

坪内逍遥[1]博士的双柿舍,就作为书房之名和博士的号驰名当代。

记不清是什么时候了,加藤朝鸟[2]曾经带来一张诗笺给我看,上面是逍遥博士所绘的双柿舍的高大柿子树写生,还有类似于狂歌的戏作,具体诗句已经不记得了。当时我想,"双柿舍"这几个字从各种意义上都极好地体现了逍遥博士的晚年。博士与贤淑

---

1 坪内逍遥(1859—1935),日本英国文学研究家、剧作家、小说家、评论家。提倡现实主义文学,译有莎士比亚全部作品。

2 加藤朝鸟(1886—1938),日本翻译家、文艺评论家。

的老夫人的身姿，甚至是晚年的风貌和生活都体现在其中。人与书斋，以及从其中诞生的作品，都由这一名号体现了出来。

已故的芥川龙之介曾不时使用澄江堂的堂号，他那艺术式的凝视，对死亡的思考，让人觉得选择"澄江堂"这一名称并非偶然。顺便一提，芥川氏也会咏俳句，有俳号，于陶器亦有很深的造诣，还醉心于大雅堂的画，自己也偷偷画画。芥川氏所作的小件茶会挂轴画、对开宣纸画之类的，也都流落到市场上，他本人于地下听到价格，多半也在苦笑。

作为闲来戏笔，有岛武郎[1]也写诗作画自娱，却未曾听闻他的堂号，写有唐诗的纸上署的也是本名。就这点来说，夏目漱石虽然应该有斋号，却不曾见过他写。

我记得室生犀星[2]是有鱼眠洞和其故乡金泽家中的寒蝉亭两个书斋号。谷崎润一郎[3]的松倚庵[4]，不就是不久前卖掉的冈本的家的模样吗？其他文人中有书斋号的人，算起来应该还有很多，但近来作品用本名已经变为通例，世间不太听闻书斋名号了。如尾崎红叶[5]的十千万堂等名号，究竟有何含义，孤陋寡闻如我却是不曾听说了。

---

1 有岛武郎（1878—1923），日本小说家。大正时代白桦派代表作家，有岛生马、里见弴之兄。

2 室生犀星（1889—1962），日本诗人、小说家。初为抒情诗人，后创作反映平民生活感情的有诗意的小说。

3 谷崎润一郎（1886—1965），日本小说家。参与复刊《新思潮》，唯美主义代表人物，后期致力于发掘日本传统文学美学。

4 正式名称应为倚松庵，不知是否为作者笔误。

5 尾崎红叶（1867—1903），日本小说家。于近世文学和近代文学间起到桥梁作用，泉镜花、德田秋声等人之师。

苏峰[1]的山王草堂作为修编庞大历史的工作场所，与之前山阳的山紫水明处形成了很好的对比。字面上写作草堂，是地名，其中却有与主人的业绩和经历相似的面对社会的意图，超越了文坛的框架，令人追忆主人的风格。此外，不得志而困于陋室的笃学之士木崎爱吉[2]为自己辗转于租来的房屋中的书斋起名"惜不发楼"，主人的个性由此可见，十分发人深思。

然而书斋号还是看古人的更有趣，更可驰骋想象。即使不是所谓文人墨客，如烟草店的主人、当铺的主人等，只要是略有修养、会享受风雅之人就会有一间作为书斋的房间，而主人若涉猎狂歌、俳句，就会将书斋号作为自己的代名词。

画家的画室中，文晁[3]的写山楼、玉堂[4]的琴室、芜村的夜半亭及雪洞，还有木村蒹葭堂[5]的蒹葭堂，一个个都足以令人想象出主人身影和居室样貌。而竹田则有补拙庐、六止草堂、花竹幽窗、对翠书楼、雪月书屋、咬菜窠等堂号，每一个都寄托了他的心境或体现了他的生活。

华山[6]的全乐堂，应该就代表了其全乐主义式绘画的心境。椿山[7]的琢华堂则非常适合其闲寂优美的花鸟画。日根小年[8]的对山

---

1 德富苏峰（1863—1957），日本评论家、历史学家。德富芦花之兄。
2 木崎爱吉（1866—1944），日本记者、金石研究家、文学研究家。
3 谷文晁（1763—1841），日本江户时代后期文人画家。融合元明清及日本狩野派、土佐派等多种画法创造新画风。
4 浦上玉堂（1745—1820），日本江户时代后期文人画家。中年时放弃武士身份，作为文人游历四方。
5 木村蒹葭堂（1736—1802），日本江户时代中期文人画家、本草学者、收藏家。
6 渡边华山（1793—1841），日本江户时代中期文人画家。师从谷文晁。
7 椿椿山（1801—1854），日本江户时代中期文人画家。擅花鸟画、人物画，师从渡边华山。
8 日根小年（1813—1869），也被称为日根对山，日本江户时代末期文人画家。

楼和草云[1]的白石山房,也各自都以简短的文字象征着主人的某种特质。

对字的要求繁多、苛刻而爱较真的马琴号著作堂,一眼便可看出马琴身处世间的毁誉褒贬之中,却依然将写作当成自己的天职并专心钻研的心境。

西鹤的二万堂和松寿轩的堂号,两者虽然都与其小说表现出的心境不合,但来历却很有名。上田秋成[2]的书斋则十分轻便,只有一组茶器而时常迁居,本人也自嘲式地将堂号定为鹑居,十分有趣。

也有将自己所在之处当作书斋,并不将其定在固定居所的书斋主人。西行[3]、芭蕉、一茶等俳人多是如此,桃水[4]、卖茶翁[5]和良宽等僧侣也不少。

传说桃水会在想停留一两天的地方,如别人家的房檐下或是树荫下铺上草席。挂上随身携带的挂轴再煮茶。对他而言,那里转瞬间就已经是自己的书斋了吧。如此看来,良宽的五合庵都还奢侈了很多。但是,五合庵很有良宽特色。读他那首不知是诗还是狂歌的"十字街头乞食了,八幡宫边方徘徊。儿童相见共相语,去年痴僧今又来",想想那寂寥的一室,就觉得这名字是再合适

---

[1] 田崎草云(1815—1898),日本幕末、明治时期文人画家。

[2] 上田秋成(1734—1809),日本江户时代后期读本作者、诗人。《雨月物语》的作者。

[3] 西行(1118—1190),日本平安末期镰仓初期歌人。俗名佐藤义清,法名圆位,号西行。作品风格简明而感情丰富。《新古今和歌集》选录其94首和歌,为所有作者中第一。

[4] 桃水云溪(1612—1683),日本江户时代前期曹洞宗僧侣。

[5] 卖茶翁(1675—1763),日本江户时代前期黄檗宗僧侣,煎茶中兴之祖。

不过的了。

总而言之，书斋无论是否有具体的地方，主人所在之处其实就可算是书斋，这样说起来书斋名号更是可有可无。但既然书斋是自身精神生活的重点，又是日夜产生作品、诞生思想的神圣的房间，那么不管书斋多么狭小、肮脏，有了名字的话，在上面冠以某某书室的称号，却也都完全不碍事了。

拾取经常用于书斋主人堂号中的文字，会发现种类繁多。常见易用的有：亭、庵、居、庐、轩、舍、屋、处、台、巢、堂、洞、龛、馆、庄、室、斋、阁、楼，等等。更讲究的还有：廊、寮、精舍、茨室、窝、舫、书院、山房、草房、草堂、院、小榭。此外或许还有若干种。而俳人、画家、市井人士、僧人、茶人、文人，各自又有选择的独到之处，从堂号应该就能联想起人物，而书斋内的气氛在不知不觉间也会反映出主人的思想或兴趣，成为居于其中之人生长的土壤。

我想可以这么说：人建筑书斋，而书斋也反过来建筑人。书室逐渐浸染上主人的色泽，就好比鸟与鸟巢，动物与自然的保护色的关系一般，精微奥妙。

我曾读到桥本关雪[1]写自己小时候的卧室中一直摆放着书法的屏风，每次入睡时都会看到，其中潜移默化的影响在自己长大之后也十分强大，至今仍私淑寂严[2]的书法。其实，我也有这样的经历。

小时候我的卧室的楣窗处挂着椿山的名花十友，壁龛则轮

---

1 桥本关雪（1883—1945），日本画家。精通中国古典文艺，多次前往中国。
2 寂严（1702—1771），日本江户时代中期真言宗僧侣、书法家。

流挂着藤田东湖[1]的诗和据父亲讲是芜村所作的俳画。每天我睡眼蒙眬之中,都迷迷糊糊地看着这些作品睡去。结果便是我在十四五岁直到二十岁左右,都志愿做一名画家。真是令人生畏的感化之力。

因此,即使是中年后个性已经形成的时期,书斋也能反过来以眼不能见的方式感化、塑造建筑书斋并置身其中的人。从这点上说,将自身的念、生活目标乃至心境寄托于书斋的名称用于自诫,也绝非无意义之事。

西洋建筑的书斋有时可以转换心情倒也不错,我自己也讲究过壁纸和地毯的样式,但总觉得不是适合进行精神修养的地方。读别人的书也还好,写自己的书就不自在了。我的爱好与我的工作大相径庭,大概是心中追求孤寂境界的缘故,在西式书斋中总觉得待错了地方。

这并不是我独有的感受,很多人略步入晚年,都还是会回归东洋式的书斋。像是与谢野晶子,在日常生活和书斋上都是很早便采取西洋风格,参加歌会也都仅限于宾馆,近来却也说若非在有采光拉门的房间中就没法写出发自内心的诗歌。

话虽如此,我们这种职业的人并不能单单热爱孤独寂寞,沉浸在窗户纸的祥和氛围之中。还要主动徘徊于匆忙推移变化的现代音响之间,去旅行,闯入酒馆、舞厅乃至猿江[2]的贫民窟。而回到书斋时,其中天地与银座的街头风光的反差,应该和西洋与东洋间的差异不相上下了。

虽然看似是充满矛盾的生活,但我需要在这两个极端之中生

---

[1] 藤田东湖(1806—1855),日本江户时代末期水户学学者。
[2] 东京都江东区地名。大正至昭和前半期有都市贫民窟。

存、修行，而我自己也从中找到了双方面各自的意义。其中，独处书斋的意义令我感受更深。

我想过请一位前辈为庭院角落那间三张榻榻米大的书斋起个书斋号，却又觉得这件事不该仰赖他人的智慧。想着要作俳句，准备起名叫爱日窗，但佐藤一斋[1]已有爱日楼；想叫春泥舍，俳人召波[2]已有春泥庵；我又想到市井草鸣堂的名号，自己却又觉得有些麻烦，不太喜欢。而我最后想到，这不是专门费脑筋来取名的事。

因此在纷乱世间中，山茶花五坪庭院角落处的这间陋室，还没有名字。我想，之后此处自然就会有名字。不过现在连正房都是租来的，若是还没来得及得个名字，就被房东增上寺给赶出去了，那我还要将它装上车，带到不知何处去呢。

---

1 佐藤一斋（1772—1859），日本江户时代后期儒学家。精通朱子学及阳明学。
2 黑柳召波（1727—1771），日本江户时代中期俳人。师从与谢芜村。

春日书斋开放

屁股尊容

夜里、早上、白天，只要有干劲我随时都能工作。工作场所从家中到旅行目的地，有时候在特快列车的包厢中以膝盖代桌子也能写出一份新闻报道，可以算是写作时不拘时间地点的了。

在搬家的日子，我就注意着不碍别人干活，在庭院一隅铺上草席，头顶蓝天写作。而长途旅行中则会遇到在奇异的地方紧急撰写稿件的情况。但是我从未在酒楼中写作，不是自夸品行优良，而是一沾酒精，那一天我就无法动笔了。

在宾馆我写不了长篇，不知不觉间就会在椅子上呆坐，果然还是更喜欢榻榻米的质感。或许这便是我变得头重脚轻的原因。

在温泉旅馆宽大的浴池镜子中照照自己的屁股，正在叹气，朋友就说屁股瘦是死相之一。文坛中很多人都有此死相，我不是一个人，虽觉安心，却还是有些伤感。

木鱼和火车

听说诗人忌讳庭院中有红色的花,这种敏感与钻进壁柜里写作的人有共通之处。而我连桌子都是红的,不会受红色的刺激,却会在意天空,夏天的天空尤其可怕。

若是完全暴露在蓝天下的户外倒也无事,但从桌子的位置看去,透过门框边缘渗出光来的天空,总会让我注意力涣散。因此无论我搬家到何处,都会为了避光而立即在院中种上一两棵树。

声音方面,安静自然是最好的。但我也不愿意家人因为担心我写作而蹑手蹑脚,倒不如说,自己越是悲惨的时候,家人能适当地热闹一下,我的心情也会好些。

周日附近会响起的钢琴声、唱片播放声,还有偶尔的三味线音,从未令我感到烦躁。但是广播体操或是市场行情却曾让我忍不住抛下笔,想着这东西真没辙了吗?我现在住的芝公园的屋子是名为佛心院的寺院,庭院邻家也是寺庙。在此有时会听到"空、空"的木鱼声。如果正好赶上从银座回来的时候,听起来就像是在说"静心、静心"。

将监桥旁的消防局离得也很近。有时不知为何,我会在万籁俱寂的凌晨二三点,脑中浮想联翩,直到天亮都恍恍惚惚地以手支颊,呆呆地盯着拉门。(这样其实完全不必熬夜。)那种时候,附近的消防车有时会突然鸣笛,如坦克一样轰鸣,让人吃一惊。

这么一来,我自己也忽然一下子有了文思——这样的事情发生了两三次。

虽然不是参禅,但写作时像真空一般的无音或许反而不好。

走动的构思

没有人在阅读大众文学时正襟危坐。随意躺着阅读,也完全没有问题。

如此说来,作家写作大众文学作品时,比起创作纯文学或学术类的内容,似乎也更轻松。然而若真是如此,人们便不会那样热衷阅读大众文学。

一本杂志能否畅销,只要拿起最新一期,迅速翻过书页边角就能清楚地感觉到。真正生气蓬勃的杂志,书页的风格不一样。

被评价为水平低的读者层,也有令人生畏的敏锐感觉。如今应该也没有敢刊登他人代笔作品的懈怠作家了,那样的事转眼间就会被识破。这个小说是有趣还是无聊,从标题和开头的几行,或是从插图和读过的页面上的字感(其实没有这个词)就能大概知晓。就知识而言,大众文学读者的水平的确在提高,但在这种感觉上变得尤为敏锐,其原因必定在于出版的泛滥。

还有一点让作家不可掉以轻心的便是由大众综合知识量而

来，针对作家常识的抗议。刀剑爱好者对剑的了解，工艺家对建筑的了解，和服店主对服装的了解，本地人对当地植物和地理的了解——所有的职业及兴趣爱好中，每个人都必定在某个项目上拥有比作家更专门更深入的知识。即使只是尺八的一个孔有错也绝对会收到抗议。其中尤以刀剑爱好者的抗议最为严苛，我就总是被神户一位名叫关五郎的读者训斥。

史实的处理上也有很多类似的例子。写彰义队，仙台读者山崎有信就一定会寄来缜密的校对订正；写新撰组，相关人士的遗属就会来指正。即使是年代相当久远的题材，不知怎么着也会有后裔冒出来。

我原是在行走时脑海中经常会浮现题材，一边热心地构思与现代高层建筑大相径庭，人们头顶发髻的时代的浪漫，一边徘徊漫步在丸之内的人行道上。当时如果在深夜步行返家的途中找到了灵感，都会觉得回家有些可惜了。

最近我会好好地坐在书桌前构思。困于构想的窘境之中，连续两天都双眼无神的模样，真不能让恋人见到。

标签

大概所有人都会为长篇小说起名而头痛，我也一样。曾经有三天五天都为一个书名而犹豫，无法定下。最方便的是把作品中主人公的名字拿来做书名，但若非念起来尤其有魅力，又或是笔画非常好，是作品内容极出色的象征，那么作为书名多半就会无趣了。我的长篇作品中取人名做书名的便只有《金忠辅》和《桧山兄弟》。

作品中的主要角色若是真实人物，自然就是原名，如果是虚构人物，起名就为难了。女性的名字尤其容易类似。私以为，近代作家给女性角色取的名字都已经用光了。

不仅是人名，门、山庄、寮、堂塔等建筑物，小道具、乐器、武器的铭文，有时甚至是动物的名字乃至自然现象都特别费心于起名，甚至到了过分地步的是白井乔二[1]。我想，白井为世间万物

---

[1] 白井乔二（1889—1980），日本小说家。大众文学代表作家。

起名其实应该是个人爱好，超过实现作品效果的需求。文字的选择，音响和感觉都非常特殊。

江户时代的作家们为虚构角色起名时，在名字上也都清楚地表现出非现实的特征。近松[1]曾写过社会新闻，因此选择的都是感觉像是实际存在的名字，马琴、京传[2]则喜欢选择超人式的奇异名字。滑稽作品中，如鲤丈[3]就连名字都在开玩笑，一九[4]则认真些。通过观察作品中人物的姓名，可以在一定程度上了解作家的喜好。现代小说在这一点上非常重视实际存在的风格，还开始注意角色性格的关联。名字一方面是人的标签，同时又象征着人物的性格——作家们都很用心考虑这一点。

比如从夏目漱石在名字上煞费苦心这点，就很能看出来。新潮社的中根第一次前去拜访，漱石就说："我以前就认得你。"

中根觉得很奇怪，就问："为什么呢？"

漱石回答说："因为我每天早上散步的时候，都会看着各处的门牌走。中根驹十郎这个名字，之前觉得可以拿来用。"

---

[1] 近松门左卫门（1653—1725），日本江户时代净琉璃、歌舞伎脚本作家。
[2] 山东京传（1761—1816），日本江户时代浮世绘画家、通俗小说家。
[3] 泷亭鲤丈（？—1841），日本江户时代滑稽剧作家。
[4] 十返舍一九（1765—1831），日本江户时代浮世绘画家、通俗小说家。代表作《东海道中膝栗毛》。

感情串线

在作品中让少年登场，于我而言是很愉快的。我的作品中常使用少年角色，《万花地狱》中吹矢的庄八，《麝香猫》中的鼯鼠，《江户三国志》中高丽村的次郎，等等。

令少年腾飞之时，连正在写作的自己也都重拾童心，感受到不受束缚的自由。相反，描写恋爱时因为需要种种限制，所以无法写出真正自由的恋爱，自身的思想和性格都会成为障碍。因此，我没法体验那种真正可以为之抛弃一切的炽热恋爱。

我想，自己真正会写的东西是亲情，同时我也在这一点上十分用心。父爱、母爱、兄弟亲情，一旦专注于描写这些类型的某个场面，虽然身为创作者，却也有边写边热泪盈眶，事后连自己也觉得奇怪的时候。就作家的态度而言，这是一种感情串线，自己也觉得不合适，但我成长于父母充沛的爱之中，在这种时刻怀念失去的爱而变得感伤却也是无可奈何的了。

也有被自己创造出的架空人物在虚构的场面下威胁的例子，

写怪谈之类的时候便是如此。

那是我写中篇作品《山茶花讲》而熬夜的时候。因为去厕所很近，我就没学山东京传那样在桌子下准备尿壶，而是四十分钟或一个小时前后去一次厕所。而那天到了凌晨三点前后，我却害怕得不敢去厕所，只盼着天快点亮。

我会给历史上的人物起个假名，作为角色原型来使用，却没有像写现代背景作品的作家那样把认识的人或亲戚直接当作主要人物写进作品。常见的是在路旁碰到与自己写的小说中的人物十分相似的人。即使头上没有发髻，却也相似到让人忍不住倒吸一口气。

我写《鸣门秘抄》的时候，直木三十五前来上落合的家中拜访我。记得那时他带着云重[1]的刀，刀放在袋子里，他就拎着长长的口袋。当时他比晚年更像是个浪人，慢腾腾地走进书斋的模样仿佛是我正在写的《鸣门秘抄》中的旅川周马一下子来了我家，把我吓了一跳。

从那以后，我一写到周马，眼前就会浮现直木的额头。

---

1 云重，日本南北朝时期的著名刀匠及其作品的铭。

幻影中人

写完杂志连载小说的一章之后,如果另外的截稿日也离得很近,譬如要转而写报纸连载的时候,改变思路就很困难。即使想拂拭之前小说的影子和人物的活动,也难以消除。明明已经交过原稿,内容却依然在脑海中像虫子一样蠕动、发言、迷走、后悔,生生不息。

这种时候,无论怎么把想要动笔的新小说的标题写在稿纸上,也都不成。

我刚学会打麻将的时候,将牌哗啦哗啦搅和打上两次后,脑海里残留的东西也就消失了,但最近牌技提高,麻将的部分还是麻将,上部作品的余烬单独在脑海一隅冒烟,没有效果了。

据说额田六福[1]写完一份脚本就会去钓一天鱼,倒也是一种方法。酒量好的人靠喝酒或许也能转换过来,但眼下我除了睡觉之

---

[1] 额田六福(1890—1948),日本剧作家、大众小说作家。冈本绮堂的堂弟。

外别无他法。只是如果睡得不深,那么虚构的人物还会执着地潜入梦中来威胁我。

一天天下来,强烈的意识会成为习性,因此连载报纸小说的期间,相应的责任感便很要命。乘汽车旅行,途中经过危险的道路时,就会马上想到万一出意外的话报纸连载该怎么办。脑中会浮现诸如"受伤了的话即使口述也要坚持连载"之类的无聊空想。

写作报纸连载或杂志连载小说时,其中最主要的一条动脉式的主线自然会事先把握好,但一回一回,每次细致的主题我并不一定都事先准备好再动笔。人明天的命运难以预料,为了让读者无法预知之后的走向,我也要不知道。

明知下个月会为难,我有时还是会被作品中的人物拉着奔向出乎意料的方向。小说只要变成铅字,呼吸上半年世间的气息,就会产生连创造者都无法左右的,不知该说是生命还是命运的东西。

无稽史实

我觉得所谓真实故事是不可能有的。讲述今天的新闻报道，也有若干观点的差异和误报。

而实录这种东西，几乎所有自古以来称为实录的记载，都明显并非实录。只是在人物的描写上或许还算类似或接近实际。

因此即使号称依据史实，其作品也不可能是严格意义上的史实小说。就算是明治时期的历史小说，在今天研讨起来也都会发现很多创作成分。

所以我以为小说的准则是全部内容都为幻想，其中的史实只是借用时代环境和气氛。采用历史人物是为了实现上述的效果。服装、建筑、室内装饰，诸如此类全部的背景，有时甚至是对小到女性的一把梳子的考证都细心注意不出错，身为作家是理所当然的，然而拘泥于此却不好了。

元禄¹时代的人用国芳²风格的俱利迦罗龙王纹身；庆应年间，扒手在浅草的仲见世逃跑；浪人在近年举办了开通仪式的白鬓桥上拔刀对决；打开猪牙舟³的拉门露出脸。诸如此类的情节固然太过荒诞，但若像过去的历史小说作家一样掉书袋、装行家做无用的考证，那就与现代的感性相去甚远了。即使到了今天，也偶尔会有上了年纪的人一副立了功似的模样来挑刺，借用行家的话来说，这样吹毛求疵的人才是"醋豆腐"⁴。

无稽之谈与荒唐话是不一样的，而荒唐话也分很多种。作家不自觉间讲出的荒唐话和理解史实与考证内容后再写出的荒唐话，一读之下便自见分晓。也有作家不直接使用原样的文字，而是煞费苦心地创作。我想，真能写出有坚实背景的荒唐内容，其实是相当厉害的。

研究山阳的木崎好尚主办的杂志《山阳与竹田》上，刊登文章公开抗议《妇人公论》中刊载的森田草平⁵描写细香⁶的题为《女弟子》的作品。像那样的例子，双方都值得同情。因为做学术的人和搞创作的人，其立场完全相反。

但是，将赖山阳这样不仅有传记年谱，连日谱都有的人物吸收进作品之中，即使作家有信念，也肯定不好处理。真山青果能将其写成剧本上演，那份细致功夫实在令人尊敬。虽然真山先生

---

1 日本江户时代年号，1688—1704 年。
2 歌川国芳（1798—1861），日本江户时代末期浮世绘画家。
3 船头尖，形似猪牙的小船，没有船篷。
4 经典落语之一，指强装行家的人吃了坏掉的豆腐却说这是稀罕的"醋豆腐"。
5 森田草平（1881—1949），日本作家、翻译家。师从夏目漱石。
6 江马细香(1787—1861)，江户时代女画家、汉诗诗人。师从浦上春琴、赖山阳。据传为赖山阳的情人。

不是大众作家，但我觉得他把史实的本质恰如其分地混合进作品的手法最为高超。

我本人刊登于《全读物》上的《梅飓之杖》也是取材于山阳和其母亲，但写作时我在信州上山田旅行，没有参考书。我旅行时除了一本年表就没带其他的参考类书籍，然而要写山阳，无论如何都需要参考书才能下笔。

当时截稿日将至，我乘着汽车把长野市的书店和图书馆都跑了个遍，但是除了德富苏峰的一册《赖山阳》之外就再无收获了。我没奈何只好请人从东京寄来了两三本书，才算是安下心来。写出来的东西绝非严格依据日谱的内容，只是良心不允许我写没有扎实背景的荒唐话。

材料杂话

我在上山田温泉的时候，在信州的山村中遇到一位制作烟花的老人，从他那里听到了有关户狩村地方的风俗和关于烟花师这一特殊职业的个性的话，于是把内容整理写成了《银河祭典》登在了《SUNDAY每日》上。

我很少会这样写作。

朋友说着"这个可以当材料"而拿来的故事，实际上能用的很少。而且我的原则是不依据底本写作。即使将鲍福[1]的《死美人》写成《牢狱新娘》，也是将其几乎完全分解后又追加了独特的原创人物。

当时我解析涙香[2]的译本，才了解这位出色的侦探小说作家除

---

[1] 鲍福（1821—1891），法国大众小说作家。黑岩涙香将其若干作品翻写为日文版本。

[2] 黑岩涙香（1862—1920），日本小说家、翻译家、记者。翻译《基度山伯爵》《悲惨世界》等。

了在内容中有探案风格,其文字之中也蕴含令人敬畏的魔术。令人吃惊的是,作品主题的不合理及不自然之处都被行文技巧的独特节奏和由此引发的强烈兴趣而隐藏起来,令读者感觉不到丝毫的不合理。

底本这种东西,看起来好像很多,但恰到好处的好物件却难得一见。比起花时间在旧书店和图书馆四处搜寻,自己构思反而要快些,而写起来的新鲜感和愉悦感也是完全无法相提并论的。我自诩自己的创意远远胜过翻写外国作品或重写江户文学,即使是草双纸的著名作家,但就构思这点而论,在今天的作家看来实在颇为幼稚,恐怕没有什么可以作为启发的文字。

各地的读者估计是对自己的故乡能被写成小说这点很感兴趣,经常会寄材料过来。还会建议说要不要写写表达乡土情的人物事迹和传记之类的。

如果真的要写,处理其中一份资料就需要极费力地准备,因此材料自然就积存下来了。现在我收到而不知不觉间积下的手边的材料就有十几份。

据说出自冈崎市外,原大冈越前守[1]的领地男川村的奉行所记录的《选要》;上州[2]沼田的岸虎尾先生收集寄来的《文政水浒传》[3]的《须田房吉事迹》;青梅的某斋藤先生寄来《青梅县物语》;富山滑川的几位读者用包裹寄来,足有一摞的《义民宫崎忠次郎》

---

1 大冈越前守(1677—1751),日本江户时代中期的江户町奉行。受德川吉宗重用,以判案公正严明著称。

2 上野国的简称,今日本群马县。

3 即《倾城水浒传》,曲亭马琴著,文政八年(1825年)—天保六年(1835年)刊行。原书以《水浒传》为蓝本,故事背景改为日本,里面的英雄豪杰被替换成了日本的贤妻烈女,几乎所有登场人物的性别都发生了逆转。

的文献；遗属说是应该能派上用场，拿来让我看的《相乐总三》抄本和《萨摩宅邸火攻之始末》；等等诸般，题目多得一辈子都做不完。

然而，无论怎么拿资料来逼我，如果没有对其产生兴趣的机会我就没法动笔。即使读了，也变不成小说。

有小道消息说菊池宽如果碰到好的材料就肯出一千円来买，不知是不是受了这个传言的刺激，也有要求作家买材料的读者。无论什么地方，都流传有复仇、义士和侠客之类的故事，有人似乎就认为那些东西都能写成小说。

有人会在十二三张的稿纸上用拙劣的文字写上像是抄写来的内容，强行兜售。去年年末有人将作家当成读者，把长崎女杰的短篇传记《大村庆女》摘抄了若干，说是什么女太阁，还加上标题，号称是耗时数年的研究成果，要求我花一百円买下。不久前我在雅叙园见到平山芦江[1]时，因为是长崎的事就谈了起来，结果芦江笑着说："那个呀，也卖到我这里来了。"

敢拿到熟知长崎，生于长崎的芦江那里去，此人当真勇敢。

---

[1] 平山芦江（1882—1953），日本记者、作家。

毛病

我曾经在某本书上读到家康有谈论重大问题时忽然露出心不在焉的表情的毛病。信长则以性情暴躁知名。秀吉当上了太阁殿下，却改不掉昔日的小机灵，有爱凑在人耳边说话的毛病而被当时的人嫌弃。

徂徕[1]在讲课时会用折扇的扇轴掏耳朵。圣堂的学徒松崎万太郎则有放屁的毛病，着实给人添麻烦。严谨的渡边华山一喝酒就会哭，而尾崎红叶则相反，一喝酒就用江户话呵斥别人。近来的人则有前民政党党首若槻，在议会觉得为难就会咬指甲。

我的朋友幽默作家川上三太郎有拨弄右耳上疣子的毛病。最初只是在耳朵尖长出的一粒小小的疣子，然而他起立坐卧间，书写原稿乃至谈情说爱之时都拨弄个不停，结果养成了毛病——不

---

[1] 荻生徂徕（1666—1728），日本江户时代中期儒学家，其学派被称为"古文辞学派"。

良嗜好变成了快感，疣子长了十多年，如今已经长成了葡萄干大小，颜色也相近，他的耳朵便挂上了一枚颇为怪诞的耳环。

比这些还要恶心的是越后僧侣良宽的毛病。他和人面对面坐着的时候会把鼻屎捏做一团。如果有他讨厌的客人到访五合庵，他就越发起劲地把鼻屎捏成一团，频频用指尖弹出去，据说即使是脸皮相当厚的人，也都给吓跑了。

有一件关于良宽鼻屎的逸事。

某次良宽获邀前往町名主的家中参加茶会。主人对自己烹茶的技术很是得意，客人们也都各自肃穆端坐，只有良宽一人一副百无聊赖的模样。

良宽渐渐觉得手痒，毛病又犯了。细心揉搓出有丸药大小的鼻屎碍于场合不好弹出去，他就想把那东西悄悄地蹭到右侧的人的袖兜中，对方却把袖子收了回去，于是良宽又转向了左边的人的袖子。但是那人却知道良宽的毛病，为了不让他得逞，便把两手一拢，坚决拒绝了。

良宽脸上显得为难，结果还是把那东西粘到了原先的主人，也就是自己的鼻尖上，一脸淡定地品完了茶。

别人的毛病很容易发现，也容易在意。然而自己的毛病——我反省自身，觉得好像并没有什么毛病。

但是，有这种想法或许已经是一种毛病了。要按我妻子的说法，我应该是毛病不少。脾气暴躁、健忘、爱沉默不语、总是熬夜、爱吃零食、爱呵斥夫人，等等等等。

说起来，我很讨厌灰尘，有向桌子上吹气的毛病。也不知为什么,眼神比其他人锐利一倍,一丁点的尘埃都会很在乎。会向墨水瓶吹气,摸书架。外出时戴帽子,即使家里人用刷子处理过再递上来,也要用手指掸去灰尘。

至于健忘,我也不落人后。连自己也经常觉得好笑的是白天去上厕所,却开了灯才进去。

妻子出于节约的观念,请家中女仆和借宿的学生离开厕所时记得关灯。然而半夜里电灯却一直亮着。妻子对我说:"是你干的吧。"我充满自信地答道:"不,我是关了灯的。"然而事后仔细一想,我是进去时忘了开灯,出来时拧了开关。

笔记本、手帕、钢笔,我讨厌所有要随身携带的东西,一件都不会拿。旅行时手表是无论如何都需要的,就只在手腕上戴上手表,但是有一次却忘了摘手表就直接进了温泉。

一次我因为有急事而买了从高円寺到万世桥站的电车票,付了二十钱,拿到了铜制一钱硬币找零。等我赶到检票口,电车已经进站了。为了不误车,我急忙请站员剪票,但那位站员却不知为何只是盯着我的脸看而不给我剪票,结果电车开走了。

我对站员仿佛是故意的慢吞吞的态度略觉不满,质问他为什么不剪票,站员严肃地说:"铜币没法剪。"

我回过神来,才发现自己把车票牢牢地握在左手之中,把一钱铜币递向了这位站员。

有人告诉我说我有拍照时歪头的毛病。这么说来,的确每张照片都侧着一点头。越被说不要歪头,就歪得越厉害。

和人说话的时候，好像也会歪头。走路的时候也歪。这样的毛病在我诸毛病之中算是轻的。

我执笔写作时，很有特色的毛病就发作起来了。之前提到过吹桌子上的灰尘，而一旦开始冥思苦想，就会胡乱瞪着某个方向。还不熟悉的女仆看我这样似乎很害怕，据说在这种时候来找我问必须说的事情，我就会答得驴唇不对马嘴。

对方一边问我事情一边笑，我问为什么笑，对方还是笑。我一生气，对方笑得更厉害了。而事后我却恍然大悟，自己不觉也想笑了。

写不出文章的时候，我一会把笔拿到纸的上面，一会又用手撑着脸颊，如此重复相同的动作。左手则手指分开，弄成梳子的样子抓拉头发。

写作越发不顺时，我就会在桌子上的火柴盒和烟盒上面一下下地画出类似星形，挨个排列在一起而全无意义的图案。就这样密密地画出无数个小点，直画到有了思路为止。

我熬夜之后的清晨，弟弟如果在桌子上看到我画的东西，就会悄悄地进客厅，对大家说："昨天晚上哥哥好像也没能动笔。"

徜徉园随笔

前一阵三余堂的旧书目录中出现了寂严的书法挂轴,很是罕见。挂轴有破损,颜色泛黑,用纸大小为全幅裁去四分之一。不管是泛黑还是有别的什么,东京的旧书目录中有寂严就非常稀罕。我不及计较真伪,赶紧派人前去,结果三余堂的人回答说那件在目录印刷的过程中就有人看上,现在已经转手了。

有动作如此迅捷的人,成日蜷缩在如螃蟹洞一样的书斋中的我,想要物色东西实在是痴心妄想。然而想着既然有人抢先,应该是真品,至今在心中角落仍略觉可惜。——同时,还忍不住胡乱臆测那捷足先登者或许是左门町的爱竹庄。

寂严虽然作诗却基本不书写自己的诗。寂严书法的好处在于他虽为僧侣,作品却没有僧人特有的风格。对于我们这样年轻的人而言,那还是遥不可及的枯淡风韵。明明如此,却有让人觉得异常亲切的魅力,或许是因为在那高洁奇绝的字之中也与良宽的作品同样，于墨本身中渗透出天真烂漫的光芒。像我这样不懂书法的毛头小子之所以喜爱寂严，并非是钻研其文字，而是愿在其人的膝下，回归孩童一般令人怀念的心境。

大德寺派[1]的僧人的书法，无论是江月[2]、清严[3]还是泽庵[4]，都有共通的形式，可称"临济病"。其原因大概是过于在意茶室的整体和谐，刻意追求调和。横幅、单句作品的语句都显露其病根所在。

黄檗系的书法风格虽然没什么僧侣特色，然而纵观黄泉之后的作品，其中共同的特色、气息是一目了然的，因此也不能说没有僧人的通病。对于爱好者而言，这种病或许正是值得欣赏之处，但像我等这样不解书法之人所求乃是亲近圣贤自然的慈祥样貌，就艺术角度而言，两者所求大相径庭。比起为了茶室服务的艺术，后者的艺术价值更高是不言而喻的了。

如良宽的草书等作品，我才识学浅，有不少字都认不出。我欣赏书法时，并不将能否认出字视为问题。能认出自然最好，即使认不出，也不会像看到陌生人那样无法亲近那份作品。书法既然是人的作品，在一定程度上也有心情上是否契合的要素。良宽

---

[1] 日本临济宗的宗派之一，本山为京都大德寺。

[2] 江月宗玩（1574—1643），日本安土桃山至江户时代前期临济宗僧侣，曾任大德寺主持。精擅书法、茶道。

[3] 清严宗渭（1588—1662），日本安土桃山至江户时代前期临济宗僧侣，曾任大德寺主持。精擅书法、茶道。千宗旦参禅之祖。

[4] 泽庵宗彭（1573—1646），日本安土桃山至江户时代前期临济宗僧侣，曾任德川家光近侍。当时最受尊崇的禅僧之一。

的草书中往往便能邂逅这样的作品。

书法作品原本沉默不语，然而与之朝夕相对后，不知何时就会说出话来，当真不可思议。原本认不出的字，渐渐能读懂了。如良宽的草书，每天逐渐读懂一字又一字，实在有趣。

仿佛拍球时的手运动形成的弧线，将破斗笠扔到最高处的点，良宽的书法总能令人感受到大地的草香和苍穹的广阔。但是我最喜爱的良宽作品是书写长歌的行楷，宁静闲适，宛如王朝时代宫廷之人所写。其中特别是写在小判纸上的作品，良宽纤细的字显得尤为气质高雅，仿佛平安朝的贵族一般。

寒冷地方的书法作品，在艺术性上很少有良宽这样的率真。就艺术观点来看，良宽的书法或许并不能归入其中，但这种于生活中抱有那种澄明与自然态度的人在北方很是罕见。

反观一山之隔的一茶，其俳句的境界无论如何乐观，终归是内含人生愁苦与泪水的艺术。就连文字也都是夏日中依然难以解冻的笔法。一茶那如同将鼻涕抹上去一样的书法，正是北方贫瘠土地和人的写照。

越后有良宽与云泉[1]，足以与京都的文雅风格分庭抗礼。信州虽有春台[2]、鸿山[3]、象山，与山阳时代的京都风雅相比依然不足挂齿。信州人引以为傲的象山之流，倒不如说是笔迹丑陋的代表。

---

1 钏云泉（1759—1811），日本江户时代后期文人画家。以爱饮酒好旅行而知名。

2 太宰春台（1680—1747），日本江户时代中期儒学家、经世学家。

3 高井鸿山（1806—1883），日本江户时代后期儒学家、浮世绘画家。

即使论为人，我虽认可象山的业绩，却不太喜欢其人品。

我不太愿意谈论关东雅人的书法。广泽[1]、亲和[2]，我基本都没有话题可讲。虽然徂徕在书法和学术上都可称大家，但就我个人情感而言却是不喜，于白石[3]也是同样。这样看来，或许是因为思绪离开了书法，掺杂进幕府、社会、儒者和权谋等多余的因素。浸染幕府俸禄的人的书法，着实令人不忍卒视。古人或许会说"不懂书法的外行就是让人为难啊"，但用此种视点看书法的自由，却也是外行所独有的。

我喜欢杏所[4]的书法，画作我也喜欢。其书法亦有凛然之气。在关东的文人书法中，我最为喜爱的便是他了。

杏所可称作未舍弃武士身份的竹田。华山的奔放笔触中有他人生战斗中的泪水与豪气迸发的鲜明印痕，而杏所则总保持士大夫的态度。他如果单独选择了书、画，选择了隐居守节的道路，或许能达到不逊色于竹田的深奥境界。

然而可惜的是杏所的诗作贫乏。他是因为身为士大夫而尽量不作诗吗？不，诗是人的天赋之才，并非想藏便能藏得住的。果然，杏所唯一的不足之处，便是没有诗。

论诗作贫乏，文晁更为严重。其诗才匮乏到了即使是画作的标题，也都无视诗画相宜的趣味。而华山若有诗才，则江户文雅

---

1 细井广泽（1658—1736），日本江户时代中期儒学家、书法家、篆刻家。

2 三井亲和（1700—1782），日本江户时代中期书法家、篆刻家。曾跟随细井广泽学习篆刻。

3 新井白石（1657—1752），日本江户时代中期朱子学家、政治家。作为六代将军德川家宣的侍讲，曾主导幕府政策。

4 立原杏所（1786—1840），日本江户时代中后期武士、文人画家。

风流的精华就不至于由关西独占鳌头了。

　　山阳的书法和竹田的画作之所以拥有不灭的光辉，是因为其中蕴含的诗的基调产生了画、促成了字。竹田的画作如果没有诗，又或是山阳的书法缺少山阳的诗——那么今天我们感受到的魅力几乎会减少一半，甚至作品本身也难以获得理解和赏识。

　　旅行中经常有人要求我写字作画。因为总是拿着笔，所以即使回绝说不会写字，对方也会说那画画也可以。

　　画我更不会画了。

　　依常识而言，这么说自然没错。但仔细一想，既然连竹田都能画，可以说无论谁都能画。究其原因，在于竹田认为"会画画"是件坏事。[1] 然而，难以企及的其实是竹田精神所达到的高度。

　　很好，我来画便是。

　　我大着胆子，在某次旅途之中在纸笺上画了两三幅画。可悲的是，我比竹田画得还好。

　　松本双轩[2] 的藏品第一次拍卖目录的卷头用四号铅字清清楚楚地印着他过去犯下的罪行，令人觉得那豪华的收藏册仿佛被罪行污染，着实可惜。刚拿到收藏册，连赏玩书画的心情都一下子变得暗淡了。

　　美术鉴赏的世界与现实生活是完全分离开来的。正因为如此，其中才有精神食粮，有生活之外的人生意义和每个人都需要的"松一口气"的源泉。怀着对美术的追求翻开的书页上，却鲜明地记

---

[1] 竹田认为绘画技巧娴熟并非好事，会使人拘泥于技巧之中。
[2] 松本松藏（1870—1936），日本实业家。曾非法发行有价证券挪用公款。

录着收藏家于社会中的恶行和没落的丑陋姿态，如同把罪人的首级高悬示众一般，实在是罪孽深重。而我也不觉移开了目光，因为我感觉到自身的书画鉴赏嗜好也都受到了鞭笞，难以冷眼旁观。今天是双轩庵藏品第二次开拍，我想，目录编者户狩先生应该也是狠下了心来才做出了这一份目录。

史话片片

濑户内海与町人志士——
关于日柳燕石

以前我在本报[1]连载的《桧山兄弟》中，提及自己对日柳燕石这个人物感兴趣，于是之后就从各方面人士了解到燕石作为维新运动不为人知的功臣，又或是身为特立独行的町人的事迹。我的研究虽然还未整理出来，但窃以为虽然只是碎片，却也能大致为其描绘一幅肖像，在此略做报告。

我从四国人那里获得了不少有关燕石的文献和故事，便约定如果去濑户内海旅行，就去一次赞岐，却还未能践约。燕石的故乡是那珂郡榎井村，在距金比罗神[2]象头山一里地的北侧山麓，和现在的琴平町挨得很近。燕石家是有传统的家族，有使用姓氏和

---

1 即《东日大每新闻》。
2 印度水神，后成为佛教守护神，为药师十二神将中的一尊。于日本作为航海守护神受到尊崇。

佩带刀剑的资格，从父亲总兵卫那一代，也有说是从更早之前便经营当铺，是当地富豪。因此燕石既是当铺少爷，也是乡士之子。他有"神童"的美誉，多半是因为在还名叫"长次郎"的少年时代便能作诗，获得了农民的尊敬。

燕石并非神童，然而他的确是敏锐感受到了幕末变革的时代弄潮儿。他的尊王思想绝无出身豪富而产生的功利目的，也不是追随流行，其根底在于其学识。这一点从他在樱田事变当天接到江户朋友的报告后为志士赋诗，还有出版山阳诗抄的注解等事中都可看出。然而燕石诗稿中的诗作却十分拙劣，内容稚嫩而书法也不佳，其中可取的便只有熊熊燃烧的忧国之情了。

榎井村的大宅之中，总有数十名食客往来不绝。当地因为参拜金比罗神的香客众多而十分热闹，有不少敲诈旅客的无赖，赌博和斗殴也十分流行。而这种场面只要燕石一出面，也都会大事化小，小事化了。地痞流氓们将燕石奉为领头人，都叫他老大。

或许是觉得"老大"这一称呼不妥，燕石对他们说："叫我社长。"

从此以后，食客、赌徒，还有他家附近游手好闲的人，统统都叫燕石"社长"。

在小说中写到燕石时，"社长"这个称呼着实棘手。用于现代语言中，听起来总像是某某公司社长，放在时代小说中便十分别扭。因此在小说的会话里我还是让人叫燕石"老大"，实际上他是被人叫作"社长"的。

诗人中混沌诗社、某某社之类的社名不胜枚举，不知燕石是想借用其中雅意还是取了结社之意。总之，别人叫他社长他就会回答，而叫他老大、老板，他就不回答。

又有钱，又是学者，还是赌徒们的老大，又身兼勤王志士，当时的人想必也不知该怎么称呼燕石才合适。

就结社这一点来看，燕石的家表面上是继承前代的当铺，实质上已经是汇聚绿林好汉的地方。食客、旅客、赌徒，譬如桂小五郎[1]、高杉晋作[2]、西乡吉之助[3]、坂本龙马[4]、大久保市藏[5]等人，所有勤王派的巨头浪士，都曾造访燕石家。高杉晋作被逐出奇兵队时曾在此逗留了一年，而桂小五郎在京都变得难以藏身之际，也跑到四国，藏在燕石这里。

除了众多巨头之外，调查之下便会发现社长为勤王志士提供工作、掩护其逃亡乃至供养众人的事迹层出不穷。就地理位置来看，赞岐和土佐隔着阿赞山脉，与长州一衣带水，又在京都和萨摩间的水路之上，作为运筹帷幄的大本营非常理想。再加上燕石握有财力和本地势力，不难想象其在幕末运动中的影响之大。

---

1 木户孝允（1833—1877），日本明治初期政治家。早期以桂小五郎之名在倒幕及尊皇攘夷运动中起领导作用，明治维新后任参议、内阁顾问。

2 高杉晋作（1839—1867），日本幕末尊攘派志士。文久三年（1863）组织奇兵队，后负责建立长州藩军事体制，击溃幕府军队。

3 西乡吉之助（1827—1877），即西乡隆盛。日本明治初期政治家。明治维新领袖之一，后成为新政府首脑。主张征韩论失败，下野后于明治十年（1877）发动西南战争，兵败自杀。

4 坂本龙马（1835—1867），日本幕末尊攘派志士。居中斡旋萨摩藩与长州藩结成联盟，促成王政复古。

5 大久保市藏（1830—1878），即大久保利通。日本明治初期政治家。推行版籍奉还及废藩置县，作为明治政府中心人物活跃于政坛，反对征韩论，优先内治。

濑户内海除了燕石，还有淡路岛的古东领左卫门。领左卫门做谷物和船运生意，为天诛组[1]提供兵粮，而之前他也与清川八郎、藤本津之助等萨长志士有来往。他与赞岐的日柳燕石身份财力相似，各自的地盘正是谋略的两大巢窟。

我觉得，在维新研究方面，比起志士的活跃，应该有更多关于二人这样身为町人，暗中支援志士提供资金的幕后英雄的文章。

领左卫门在十津川之乱后死于六角牢中。燕石在高滨藩的牢中被关了四年，明治元年刚刚出狱，就立刻跟随木户孝允的官军参加征讨越后，死在了途中的柏崎，享年五十三岁。

由战略视点看濑户内海的地形，会发现此地正是维新运动的泄洪渠。考虑到当地普遍富裕，让人觉得应该还有几个如燕石和领左卫门这样的人物却还不为人知。我们作为小说家，若只把濑户内海作为日本海盗的舞台，未免有些可惜了。

---

1 日本幕末的尊皇讨幕激进集团。由土佐、备前、久留米等藩的藩士组建。

史书余录

以号称纪实的《德川实记》为首，其他史书有关阿波[1]的蜂须贺重喜蛰居一事前因后果的记载也均称重喜非常昏聩。说他骄奢淫逸，横征暴敛，因祸乱一国政治而被责令终生蛰居。重喜被命令蛰居时是三十二三岁，而他活到了七十二岁，命运对其可谓残酷。然而纵观德川幕府上下三百年，强藩大名被命令终生蛰居的也只有蜂须贺重喜和尾张[2]藩主德川宗春二人，因此我想重喜的昏庸程度一定很不一般。

但是之后阅读司马江汉[3]的《春波楼笔记》，我对重喜的人物形象和事迹产生了疑问。司马江汉的日记简要说来，便是讲他于热海暂住的温泉旅馆旁有一间宅邸，白天非常安静，然而每天一到黎明，就会传来琅琅读书声，读书声一停下来，接着便会响起

---

1 日本旧地名，今德岛县。

2 日本旧地名，今爱知县西部。

3 司马江汉（1747—1818），日本江户时代兰学家、浮世绘画家。

挥舞竹刀的声音。江汉逗留热海的四十天内，天天如此，没有一天中断。一打听宅邸的主人，才知道是蜂须贺重喜，江汉由此以为重喜一定是一位明君。

正史一物，不记述对当权者不利的事情乃是常事，而事实又常遭扭曲。就这一点来看，无论多么权威的书籍都不可尽信。就重喜而言，《德川实记》的编者将其描述为暴君，江汉却说他绝对是一位明君。

我觉得其中一定有些缘故，便开始调查重喜的事迹，结果发现的确有隐情。重喜的蛰居背后潜伏着重要的政治要素。

《鸣门秘帖》由此诞生。

有一部作品名为《隐密七生记》。

因为传说名古屋城本丸顶部上闪闪发光的金鯱的鳞片都是纯金，所以旧幕府时代，受物欲和冒险心理驱使，来往于交通要道的人们之中有了鳞片被盗的谣传。——而我产生了创作以名古屋城为中心的故事的想法。

然而略加调查，便发现鳞片并非纯金，虽然不是纯金，但应该也相当昂贵。具体来说，就是铅包裹木芯，外面再镀铜。表层的金厚度为二铢金的三分之一。结算起来，黄金的分量为一千九百四十枚，换算成小判足有一万七千九百七十五枚。

盗取一枚鳞片，应该也值不少钱。更何况街头巷尾传说鳞片是纯金，也难怪会激发人们的好奇心。

那么，是否如传说所讲一般，有鳞片被盗呢？野史中可见相关记载，而就弘化[1]年间金鯱罩上了铁丝网一事推测，或许也是有类似的事发生。可是仔细一查，会发现被盗之事子虚乌有，只不过因遭遇台风而吹飞了几枚鳞片，之后被人捡到的事倒是真的。

而我也了解到金鯱不仅从未被盗，要从外部盗取鳞片也绝无可能，即使按大众作家的空想，也难以合理地写出经过。

有一本题为《温古录》的书中有如下记载：

某日，金鯱中有烟雾冒出，调查之后，找到了失火原因：金鯱的鳞片间隙中有野鸽搭的巢。而冬天尾张平原上会烧野火，野鸽将着了火的干草和枯枝叼回巢里，就成了起火原因。

从那以后，就有了从金鯱上除去鸟巢的工作。虽然不清楚当时是用什么方法爬上去的，但最初一定是有生命危险的。作为佐证，当时杂役登上楼顶去摘鸟巢后，会获得三十天的假期。其后随着岁月流逝，攀登方法逐渐变得轻松，志愿者也变多，休假缩短至十八天。最后假期变得只有三天，乃至仅有当日休假甚至没有休息。

我由从金鯱上除去鸟巢的工作获得灵感，创作了一个记载中不存在的"守鯱人"的岗位。《隐密七生记》便由两名守鯱人对峙的场面开始，而这个开头正是我的得意之作之一。

以上，便是我写作资料的一二闲话。

---

[1] 日本江户时代年号，1844—1848年。

英杰与凡人

上

本月《新潮》企划了一个名为"畅谈古今人物"的座谈会。然而文艺春秋社的《话》昨天晚上举办的座谈会的题目又是"论古今英雄豪杰"。我参加了前一个会议,因为繁忙,原本打算欠席后者,却因为列席人员变更而参加了。只是出席者虽然变了,谈到的人物却大半和上个会议重合,不由觉得难找话题,只担心若说多了话,则两份杂志上会刊登出类似的内容。

然而对照两个座谈会,便发现了一件有趣的事:纵观古今,论起强者,留存于现代人脑海中的人物大都是共通的。说赖朝伟大,无论谁都不会有异议,十五名将军之中以吉宗最为出色这点也是意见统一。此外则要看对伟大一事的理解或是个人观点,要不然就只能论好恶了。

论好恶则可分成两派。有说喜欢信玄的，就必定有喜欢谦信的人。像我这样非常在意这种事的人，一旦有比起秀吉更喜欢家康的人，就会连那个人都一起讨厌。

说历史人物哪个更伟大，就好像指着山脉说哪座山峰更伟大一样。是以高度为准还是以内容为准，着实难以选择。山就算不高也不可轻视，并不是高山才伟大。而其中内容太过复杂，令人不好理解这点也是难做选择的原因之一。

像坂本龙马这样知名的人物正好便于讨论，也容易说出不同见解。《话》的会议上尾佐竹对其赞不绝口，《新潮》的会上田中贡太郎老先生则用土佐方言将其贬得体无完肤。龙马的时代距今不远，在听过太多乡土逸事的贡太郎先生看来，大概也就相当于邻居家的叔叔伯伯。

不过，这种逸事应该也是衡量龙马为人的标尺之一。某次，龙马在老家的私塾遇见了之后于池田屋遇害的望月龟弥太，就板着脸看龟弥太拿着的书，问道："这是什么？"

"是《资治通鉴》。"

"挑一段有趣的地方念来听听。"

望月有些得意，就念了一段，而龙马听了便说已经懂了。望月想《通鉴》哪里是听一次就能明白的东西，就要求龙马读一遍，然而龙马却大大咧咧地说："我看不懂。"

"你看你，看都看不懂，怎么又说明白了。"

"明白意思就够了。"

"那你说说到底有什么意思。"

结果望月听龙马一说，的确是有条有理，又符合《通鉴》的精神。

因为长着浅黑色的痣,所以有人为龙马起绰号叫"坂本痣""牛皮大王"等等,而上述的逸事可以看出他的确富有洞察力。

中

于近江屋的仓库二层被刺客袭击的夜里,坂本龙马不巧正患感冒。那种情形下穿着厚棉衣必定会行动不便,龙马会拿着刺客的名帖躲起来,当时五感变得迟钝应当也是原因之一。

遇袭之前龙马找到河原町的菊屋书店的小伙计峰吉让他去买鸡肉,他是打算和中冈慎太郎两个人一起涮鸡肉锅就着酒驱寒邪,然而鸡肉还没送到,龙马就遇害了。

龙马在刺客离去后,还爬到灯前,用灯火照亮佩刀映出自己临终的面容——这个说法未免太过于戏剧化。仓库二层有两盏灯,一盏在八叠的榻榻米边,另一盏在旁边小房间的屏风里侧。主客一共四人在房间里上演了那样的惨剧,要说灯没有熄灭未免有些可疑。同样是讲述龙马的英雄主义的故事,下面的这件事就更能令人感受到他的性格,更可以信赖。

上士身份的山田广卫和松井繁斋受同僚邀请前去赴会,途中却因为一点小事,似乎是雨伞撞上了,就杀害了身份较低的中平忠一郎。

不仅是土佐,维新时期的萨摩、长州等等,无论哪里的藩都是如此,只是土佐的上士和下级武士间的倾轧比起其他地方更为复杂而严重。遇害的中平的兄长池田寅之进听到消息就赶了过来，趁着山田和松井在水边蹲下喝水的时候从背后砍死了二人。

上士派纠集起来，将山田的弟弟次郎八推举出来，一行人逼至寅之进的家中。而下级武士们也集合了起来，双方对峙，局面十分危险。此时负责应对上士派使者的人正是坂本龙马，面对要求交出杀人者的使者，龙马回答道："寅之进已经切腹了。"

上士派的人继续要求验看尸体，龙马就说："验尸要听藩主的指示。难道你们是受了藩主的任命吗？"如此把对方赶了回去，驱散了一众人等。

其间池田寅之进为了保险，于屋内真的在切腹，龙马就把系刀的线绳浸满他的鲜血，拿到下级武士们面前高高举起，说："池田并没有白白牺牲，他为我们下级武士狠狠地出了气，诸位今后也不可太过妥协。"这样做了一次演说，安抚众人。

像这样的事就凸显出了龙马的为人。虽然有些惹人嫌，但要成为风云人物，会这样做戏也是必要的。但是在土佐下级武士派里，我喜爱瑞山[1]更胜过龙马或大石円[2]。不提大石，龙马和瑞山二人的死法都非常有志士的风格，然而假如两个人都活到了明治，那么我想即使瑞山失势了，龙马这个人一定也和坂垣[3]争执纠缠，其晚年必定与我们的好恶相去甚远。从这点看是否将龙马视为伟人又是另外一回事，也是观者的自由。

---

[1] 武市瑞山（1829—1865），土佐藩士，土佐勤王党盟主。通称武市半平太。
[2] 大石弥太郎（1829—1916），土佐藩士，为结成土佐勤王党而贡献力量。
[3] 坂垣退助（1837—1919），土佐藩士、政治家。明治维新元勋，日本自由民权运动的领导者。

下

虽然左右说了这么多，但只要是在维新历史上多多少少有所作为的人物，不论好坏，都远远胜过无数的凡夫俗子。

观察英杰的作为，如果剔除时代的影响来看，便会发现"时势造英雄"这句话也不尽然。即使风云际会，凡夫俗子也只能固守自己的凡庸之处，我在自己的祖先中就听说过这样的例子。

我的父系来自小田原藩。维新时小田原藩的地理位置十分重要，但在当时的局势下其态度却浑浑噩噩得令人纵观历史也都不禁大吃一惊。

我不清楚"小田原评议"[1]一词具体是何时产生的，但在维新时小田原藩直到庆应戊辰的最后关头都不曾决定政策，也没有着急。若说对时势敏感的青年武士是否像其他藩的人一样脱藩而活跃于运动中，却也没见有此类个人行动，同时亦无殉身幕府的忠义之人。直等到行军至箱根的岩仓[2]和西乡派来问罪的使者，才召开评议。而且还是先服从官军又转投幕府，最后又去找官军谢罪，如此变换了三次，当真令人无话可说。

我父亲因此而终生耻于向人提及自己出身小田原藩。因为藩中的气氛是那样，就出了个十分没出息的人。那一位算起来好像是父亲的叔父，叫秋山某某，是一名武士。他被藩中派往京都，

---

1 指漫长而没有结果的讨论。源于统治小田原的大名北条氏反复召开评议而无法决定政策的故事。

2 岩仓具视（1825—1883），日本江户末期明治初期政治家。参与讨幕运动，明治维新后曾率领使节团出访欧洲各国。

在牵动时势的核心地带待了很长时间，而回到藩里时却已经是个梅毒患者，鼻梁都快要掉下来了。自然，也有说维新时期前往京都的年轻人没有染上梅毒就不算是长大成人的风潮，但如父亲的叔父一般的角色，在那方面算是英杰，最后却连站都站不起来了。

父亲的叔父干的事情不过是空耗禄米，坐在官家宅院南侧的房檐下，模仿三味线哼哼京都学来的歌谣。而梅毒也没有特别的疗法，就在屋檐下悬挂风干了的马的阳物，时不时拿小刀削下一点煎成药喝。

名叫银佐卫门的祖父好像还有些武士风格，把那位视作家耻，曾经生气拔刀要砍了他。然而他见了刀也依然站不起来，只有双手合十求饶——当时还是个孩子的父亲曾把这个故事当笑话讲给我听。

在小田原有土佐的吉井行二报仇的故事。行二是吉井显藏的儿子，山内家的亲戚松下家的领地在伊豆，显藏就经常往返于江户和伊豆之间。

戊辰年五月前后，小田原藩的小泉彦藏、山田龙兵卫等人聚合一处守卫在小田原的入口光円寺口，正好有一架涂桐油的竹轿子过来了。双方争执间小泉和山田发觉对方举动诡异，遂乱刀斩杀了来者。

当天从江户逃出来的伊庭八郎和人见胜太郎等正和从海岸登陆的官军于山中交战，小田原这边也都相当紧张，被杀死的显藏因为用了原本没必要用的伪名，不幸遭了灾。

因为用了原本不必用的伪名,又正逢战时,错出在显藏一方,小田原的人的确可以杀了他。然而戊辰战争中小田原藩的立场摇摆,因此明治元年被要求写检讨,两名重臣也切腹了。作为陪衬,小泉和山田二人因为杀害了显藏,也被判决在铃森刑场斩首。

显藏的儿子行二申请离开土佐报仇而未获得藩中的许可,作为补偿,允许他在斩首当天负责行刑。行二到了刑场,但他还只是十六岁的少年,也没砍过人的头,一开始砍山田,没有砍好,弄得像是碾碎西瓜一样。

好容易收拾干净,等到要砍第二名的小泉彦藏时,小泉回头看着行刑者,开玩笑说道:

"小伙子,砍好点啊。"

小田原藩中还有点武士样子的人,除了这个开玩笑的小泉之外,再无旁人了。

说说自然人

将门

一

我想要做好充分准备再动笔的题材之一是"平将门"。有机会的话,我想写将门,我很喜欢将门。

要问我喜欢哪一点,倒是有些不好回答,将门就像闹腾的孩子一样,还存留有很多未经雕琢的原始人的血液。他容易受骗、容易生气,有着未开化的人的缺陷。相反,他同时又是纯粹而有人情味的人。

源良兼被将门打得落花流水,为了泄愤而想出了一个计策,在雪耻战时于己方的阵前抬出将门父亲的木像,对将门挑衅说,要是敢往这上面射箭就射来看看。结果将门束手无策,在那场战斗中逃得飞快。由这件事看来,将门实在是个可爱的人。

将门作战所向披靡，却先被秀乡[1]骗，又被经基[2]骗。无论谁出谋划策，都把他玩弄于股掌之上。

从家族内讧，发展成卷入关东八国的战争，最终打得引发京都乃至全日本的巨震。连将门自己都为自身的连战皆捷大为吃惊，而于相马自立为"新皇"一事，更是令人叫绝。

二

把将门作为基准来看，秀乡这样的人就已经不行了。稍微沾染了一点京都风气的人与拥有天性的人之间的差别，在秀乡和将门之间就体现得很清楚。

再没有别的人比那个时代——平安末期的贵族和公卿这一阶级更令人恼火的了。明明已经连像样点的文学和艺术都搞不出来，正如不生蛋的鸡一样，却还牢牢抓住恶毒的榨取制度和颓废的生活方式不肯放手。一方面施行暴政，另一方面耽于游乐。一九三一年的耽溺、虚伪、腐败的蛆虫，在这里也冒了出来。因此贵族们才竭力伪装高雅清贵，装作学识渊博。他们蔑视东部的武士，把其视为熊或野狗一般，而将门一咆哮，贵族们就和如今的外务省一样，吓得浑身发抖。

虽然国都不可侵犯，但如果将门在骚乱时能再走出关东一步，能逼近到贵族们腐败透顶的生活眼前，那应该就更有趣了。

豪放的将门只干了那么一点事，就令平安时代的布尔乔亚们

---

[1] 藤原秀乡（生卒年不详），日本平安时代中期贵族、武将。因追讨平将门的功绩而获得从四位下的官职。通称俵藤太，有击退蜈蚣精的传说。

[2] 源经基（生卒年不详），日本平安时代中期皇族、武将。曾诬告平将门谋反。

惊了一跳。日后源平时代璀璨的武家政治时代，正诞生自野人将门的力量。

三

话说回来，保持天性，身为自然人的将门千年以来一直被冠以朝敌、乱贼的骂名，而只有点小聪明的轻浮文人俵藤太秀乡却伪装成了大忠臣，真是十分滑稽。学术研究层面虽然有人指出其中不妥，但我希望能更普遍地订正这一错误。

虽然需要查一下年表才能确定，但我想今年距将门死去的天庆三年[1]差不多有九百九十年了。有没有人来举办一个千年祭典呢？

---

1 公元940年。

良宽

一

自然率真到了让人不觉敬佩,反觉哭笑不得的人,应该就是良宽了。

将门是抗争的自然人,良宽则处于另一极端,是不抵抗主义者。

相马御风先生广泛地介绍了良宽的诗歌、书法乃至为人处世,然而我喜欢良宽并没有超过芭蕉、一茶、芜村,没有那种不做他想的强烈憧憬。但是,我们人类中曾有过良宽这样一个人,不知让我自己的社会观变得明快了多少。

二

良宽一进城,孩子们看见他就跟上来,说:"良宽师父,一贯。"良宽便会吃了一惊似的向后仰身。保持后仰的姿势又走几步,孩子们便又说:"良宽师父,两贯。"良宽就再向后仰。如此三贯、四贯的数下去,良宽后仰得越来越多,最终会往后倒下去。孩子们觉得有趣,一看到良宽就绝对不会放过他。

某次,良宽到町名主的家里做客。良宽觉得时机正好,就说:"这个城里的小孩太淘气。我年纪也大了,也觉得累了,您能不能让他们别那么闹腾了。"

名主回答道:"您别陪小孩一起玩不就好了吗?"

良宽露出了为难的表情,说了一句话——

"找上门来的事情,我可收不了手。"

三

某次茶会,良宽百无聊赖之中把鼻屎搓成了一团。茶会上主人把茶递了过来,良宽拿着鼻屎的手向右边一伸,右边的客人就把袖子收了回去,向左边伸,左边的人就把袖子收了回去。

良宽无计可施,只好把鼻屎放回自己的鼻子,才喝了茶。

四

有一个故事是讲小偷进了五合庵,却没看到能偷的东西,一拉良宽正在用的被褥,良宽滚了出去,就这样盯着小偷看;又有故事说良宽被误认成偷芋头的贼,被装进口袋,直到要被扔进河里,也都没自报姓名;还有故事说良宽混在赌徒之中赌博,看着自己的钱变多,反而为难叹气。

良宽做的事情，都能成为故事。然而，他上当受骗、遭人凌虐的状况，却和将门有极端的差异。良宽的自然人生活，其来源是通透开朗的文明智慧。

良宽一生终究还是和狡猾奸诈、需要提防的社会中人打着交道度过的。他总是随身携带的斗笠的里面，写了这样一句话，可以从中窥见他为此费心之处：

这斗笠，是我的，真是我的。

五

我觉得像将门这样的，人的自然面的力量是今日社会也需要的。同时，我也觉得平安末期那种腐败发酵的世间乱象，同样存在于现代社会之中，所以我想要写将门。

但是，我想良宽并非我这种人所能写的。只是在度过忙碌的一天之后，于床头枕边，读上记载良宽事迹的一本书，那么这天晚上，我在睡梦中，应该也能露出笑容了。

笔间茶话

以下是我执笔《恋车》之际，
将考察古籍时发现的趣事以随笔形式记录下来的内容。

开府插话

江户城大改建的时候，秀忠[1]与藤堂高虎[2]对于如何划分地区产生了意见分歧。秀忠看图纸后评价说："本丸过于狭窄，恐有不便，应当拓宽。"

高虎就回答："本丸如面积过广，笼城时则少地利。二之丸与三之丸宜再加拓展。"

秀忠听了他的意见，觉得有道理就接受了建议。当时不要说维持和平直到明治维新，秀忠和高虎二人都还预想会在此地笼城，打上一仗。

因为修建城池的工程而暴涨的物件，是天下的石头和江户的地价。分配给大名的任务是每十万石的封地就要上交一千二百个

---

1 德川秀忠（1579—1632），日本江户幕府第二代将军，德川家康第三子。改易诸大名，强化对大名、朝廷、寺院神社的管制，为幕府创立做出贡献。

2 藤堂高虎（1556—1630），日本织丰时代至江户前期武将。擅长筑城，获封伊势、伊贺土地。

需要一百人运送的大块石头。在伊豆需要百人运送的石头价格是银二百枚，卵石一箱要价是黄金三两。由加藤主计守献上，用于多处门下基石的"肥后殿石"，据说和同等重量的黄金等价。

地价就暴涨得更严重了。关原[1]之战时商铺用地，价格一二两就已经是上等地区，而到了大阪夏之阵[2]传来关东捷报时，价格上涨了一二百倍，甚至有按当时金价计算要一绳（一百坪）五百两的地方。用今天的眼光来看，比较奇怪的是当时道路拐角处的商铺不受欢迎而价格低，原因是拐角处的商铺要另外负担若干费用，如路口的灯、望楼、天水桶、栅栏门等等。因为没人住在拐角处，之后为其附加了一年能参见将军一次的资格，才终于有町人愿意花钱买一份名誉资格。

1　日本地名，位于岐阜县。1600年德川家康（东军）与石田三成（西军）大军会战的古战场。

2　1615年夏天德川幕府攻灭大阪城内丰臣氏的战斗。

火灾遗迹异闻

传说秀赖[1]直到大阪城陷落当天,都一直佩带着太阁的藏品刀剑骨食藤四郎(无铭一尺九寸五分)。

这把刀原本是大友氏的薙刀,因为随手做样子一砍也都会深入骨髓而得名。此刀之后归足利氏所有,被重新锻造为日本刀,表面刀身的细沟雕刻了俱利迦罗纹,背面的细沟刻上了不动梵字,流传于室町幕府,最终落入了秀吉手中,是有来历的物件。

自城池刚刚陷落,市中余烬未散之时便开始有两种说法反复传说。一是"秀赖已死",一是"秀赖未死"。

东军方面一方面下令取缔战后流言,一方面将河内郡某个处理灰烬的工人捡到的刀交给本阿弥鉴定,得出确是秀赖佩带的骨食藤四郎无误的结论。之后东军赏赐工人黄金一百枚[2]白银两千

---

1 丰臣秀赖(1593—1615),日本织丰时代的武将,丰臣秀吉独子。6岁继承家业,大阪夏之阵中,大阪城陷落后与母亲淀殿一起自尽。

2 日本战国末期开始制造的货币"大判"的计量单位。

两,又赐鉴定者黄金百两。《刀剑名物帐》中,则记载为本阿弥又三郎战后在壕沟中发现了此刀,将刀身磨短至一尺六寸六分后敬献给德川秀忠公,获赏白银十枚。各类书籍中多见此记载。

无论如何,东军当时面对秀赖逃亡的说法,将骨食藤四郎作为其反证用于宣传是毋庸置疑的。然而更有说服力的秀赖乃至淀君等人的遗骸,却连一片白骨或铠甲上的一丁点金属都没能找到。唯一一个挖到了好运的,就是获得巨额赏赐的铲灰工人了。

"外乡人"和"琉妻"

自古以来萨摩就是个封闭保守的地方。信州人号称当地地势险峻,连外地的水都不会放进一滴,而在维新之前,萨摩的风气是绝对不会放"外乡人"进本地。

蝙蝠之国盖不许外人入内。

俳僧寒阿法师也只能在国境关卡前灰溜溜地转身折返。游说天下的高山彦九郎也在矢岳关卡遭拒,愤慨中咏了一句"世道早已不闭关,奈何萨摩人不知",就此离去。此外,受幕府命令进行各个州府测量工作的伊能忠敬[1]据说只在萨摩这里费了力气。

即使是在维新当时,志士们往来频繁之际,萨摩人也不让其他藩的来客进城,而是在名为出水的地方建了供人滞留之处,专门从城中前去会客。丰后的勤王志士小川一敏也碰上此事,在诗中说"密国锁得坚于石"。

---

1 伊能忠敬(1745—1813),日本江户后期地理学家。受幕府命令测量虾夷沿岸,后游历日本全国,制成日本最早的实测地图。

这种巧妙的保密政治，为萨摩的附属国琉球也施上了保密的魔法。萨摩人靠着琉球做走私贸易，穿着琉球的布，用着琉球的漆器，吃着琉球的砂糖，卖着琉球的红色颜料。虽然接受留学生，但作为交换，轮值奉行会以"琉妻"的名号任意挑选美貌的妓女养在官舍中。不过，卸任回国之时，貌似还是没有把"琉妻"带回城中。

甲贺忍者由来

密探古时称为"忍""横目""细作",义经、正成就擅长使用忍者。然而,忍法发展起来,密探成为职业,却是在应仁之乱以后,战国群雄割据时代到江户前期之间。

奥州江的甲贺、伊贺地区的本地武士间,这类术法会被研究传承下来,是因为当地多险峻的山地,其间小部落各自割据,武士们终日生活于乱世间类似强盗劫掠的互相争斗中,密探和潜行技巧自然而然就熟练了。结果擅长此道的柘植清广、服部半藏、菊池半助等人便被诸侯拔擢,家康也在关原之战时从一个村中选取六十余人命其工作。江户开设幕府后,在府外的沼袋临时赐予了忍者杂居式的领地,元禄之后,其领地转移到了麻布的甲贺伊贺町(今笄町),其后又分散到了大久保百人町、四谷伊贺町、骏河台的甲贺町等地。

战国时代中,除了甲贺忍者之外还有很多其他的密探。试探敌阵较浅处的人称为"草",进入城中或其他地方散布流言或放火的人叫"乱波""透波""突波"。貌似是甲州以西叫透波，关东叫乱波。

即使到了和平年代，密探们也潜入各个州府立下大功，然而由于他们出身是山区的本地武士而遭轻视，于幕府制度下只得俸禄三十俵和二人份津贴，职务也是御门同心、男仆总管之类的低级职位。只是紧急情况下，可以在柳营的望楼下与将军直接对话。风俗习惯上，一般人家都不愿和甲贺人、伊贺人结亲。

行路法与飞脚

过去的旅行者和飞脚们,一天会走多少里路呢?"行路法"这一词语在现代词典中已无存在意义,但在过去却是一种武艺、一类职业,也是一般人的常识之一,密探忍者们更是努力研究此道。

飞脚中尤为矫健的人从京都走到伊势,三十六里的驿路只花一天。轻井泽到草津十四里的山路,直到近年都还有送货人能带着行李在一天内往返。不及流的某行路法传人和冈伯敬在明和[1]年间进行的行路法比赛中,从江户走到宇都宫,单程四十一里,早上出发,第二天傍晚就走回了江户。

冈伯敬有一本题为《千里善走法》的行路法专著。每一步的迈法,每一个斜坡的上下都要用心。密探的行路法又有一种独到的"行走横向落脚"功夫,据说是徐行时的关键技术。《正忍法》

---

[1] 日本江户中期年号,1764—1772年。

中也说如果能坚持修炼这种技巧,一天走上四十里不在话下。不过,这一技巧的核心并不在行走速度快,而在于如何避免疲劳。

　　脚步迅捷者最多的,还要数飞脚从业者。用通常速度可以一个月内三次,用八天走完东海道的飞脚间,肯定有绝世高手,只可惜没有记录他们行路状况的资料。

　　　　十七屋论日本,只作一来回。(古川柳)

　　　　感冒流行源自十七屋。(古川柳)

　　江户濑户物町的岛屋德右卫门、室町的京屋甚兵卫、大坂的大坂屋茂兵卫等人在飞脚间尤为知名。所谓十七屋,乃是飞脚的别称,是因为阴历十七夜里的月亮叫作立待月,一语双关[1]把十七夜叫作十七屋。另外,飞脚的标准装备是佩一把胁差、带雨衣和草鞋,加上叫三度笠的小斗笠。

---

　　1 日语中"立待"的发音和"忽着"(立刻之意)相同,"夜"和"屋"的发音相同,此处是用谐音一语双关。

黄金内讧

储藏在城中仓库的军用资金多为"竹流金",是将竹子劈成两半,向其中倒进熔化的金子,铸成海参形状的金条,又称为"筋金"。《昆阳漫录》中记载甲州的竹流金长二寸七八分,中间厚三分,边缘约厚一分,重量从四十文目至十两不等,从长条黄金的边缘切下使用。

太阁死后大阪城中的资财究竟有几亿虽然不甚明了,但《庆长中外传》中记录了一张战后金库烧剩下的废纸的内容:

一黄金 千五百四十枚　　一白银 一万枚
一白银 三千枚　　　　　一黄金 五百枚 卅六文目
一□□ 七百四十枚　　　一白银 二万四千枚
一□□ □千七百枚　　　共十六万枚 白银
共九万枚 黄金　　　　　合计 二十五万枚
五贯文 金钱 二百贯文 银钱

以上　　太阁

秀吉　记

据书中记载，像这样由太阁亲笔书写的目录不知遗失了多少张。

盯上这笔巨额黄金的人多不胜数。《高山公日记》中便有相关的苦涩记载：五月八日（城破翌日）细川忠兴的士兵和藤堂的士兵刚一进城，就在惨淡的余烬之中因为争夺黄金而引发了自相残杀的小规模战争。

"唐手"的试招杀人

明和年间，琉球来聘使一行抵达江户时，正使、副使、随员，无一人佩带刀剑，因此当时的日本人笑话他们是"赤手空拳的使者"。贵族把衣带系在身前，衣带左侧插着烟管。马琴所著的《弓张月》由北斋绘制插图，其中琉球人也佩有长剑，只是之后形成了不佩带武器的习惯。

然而他们之间流传着比刀剑更为自在的"唐手"武艺。如果演剧或书中的主人公是琉球勇士，则一定要是唐手的高手。"唐手"是空手武术，与日本的柔术相比，"唐手"是刚健型的武艺。

正如试刀杀人是江户时代的特色之一，琉球也曾流行过试招杀人。试招杀人的可怕之处远超试刀杀人，据说比响尾蛇的尾巴动作还要迅捷，担任轮值奉行的萨摩武士也为取缔此事而大为头疼。而在日本的文化[1]年间，据传当时的尚灏王也都在微服出行时

---

[1] 日本江户末期年号，1804—1818年。

遭遇过试招杀人者，幸得侍从中的唐手达人力战救驾。

　　唐手与柔术的不同之处，在于没有摔技而着重刺突和腿法。其中刺突的核心又在于右拳的中指和食指，针对敌人的眼睛和身上弱点。琉球勇士爱惜这两根手指正如武士爱惜佩剑，像猫磨爪子，老鼠磨牙齿一般锻炼不懈。手指和指关节练得如钢铁一般坚硬的琉球勇士，便多有南国风情的恋爱故事缠身了。

西洋人见闻记

大阪之战发生在西历一六一五年（元和元年），当时有很多外国传教士、公司驻日职员等西洋人住在日本，见证了实际的战斗。他们寄往本国的书信或是日记之类的文件，如今都成为重要的史料。

幕府的文书除了关于骨食藤四郎的反证之外，均不言及秀赖之死，御用历史学家们也都口径一致。然而身为旁观者的西欧人的记述中没有断定秀赖死亡的内容，却是值得注目的。

当时在九州平户的英国人理查德·科克斯的日记中有如下记载：

> 虽传闻公（指秀赖）已烧死，萨摩琉球等地多有信其仍在世之人。其小儿（指国松君）因关东皇帝（指家康）而被处死刑，臣下亦多有受同样刑罚者。

而一名外国人向英属印度公司报告的书简中有如下一节：

　　无人知秀赖之踪迹。或云其遭屠戮，或云其携母亲侍臣托身边隅大名而图谋再起。（大阪城陷落翌年一六一六年的书信——日本西教师）

除此以外，耶稣会神父的年报等其他资料也都报告了相同的消息。当时的传教士们认为丰臣家没落是秀吉迫害耶稣会的神罚而觉得大快人心，因此这些记载中并没有含同情成分的臆测。

《正忍记》的口诀

《正忍记》是唯一现存的密探修行指南书，书中包含以下内容：

1. 理论基础：忍术与偷盗术的区别；
2. 身体训练：成为忍者所需的训练及身体素质，常用道具的使用方法，游泳技法；
3. 人际交往：相面术，读心术，人际关系技巧；
4. 侦察技能：侦探心理学，侦察技法，潜行技巧，快速行军技巧；
5. 相关科学知识：气象，地理，数学，各地风俗。

诸如此类不一而足，涵盖了行住坐卧的各个方面，由此看来，要成为一名合格的密探，或许比成为名僧硕学还要困难。

密探的"忍者六品"，是斗笠、钩索、石笔、药、三尺手巾、打竹（类似如今的怀炉），上述六件物品中只有斗笠依据情况可以不随身携带。除此之外，刀的尺寸、刀柄护手和系刀的线绳中都有师徒口头相传的秘密。比如突然需要翻墙的时候就把刀插在地上,之后踩着刀柄跳起,口中衔着系刀的线绳,跳上墙头后把刀拉上来之类的诀窍。

密探技术对于一条手巾也有研究,其中有一种特殊的染色方式叫作忍者染。颜色必须是暗红,用于夜里蒙面等,因为黑色在暗处反而比较显眼。逃走途中随处喝水时,则将手巾铺展在水面上,隔着布吸水。暗红色的染料有解毒功效,因此绝不会喝坏肚子。

但是此种暗红色特征明显,所以平时绝不会让旁人看到,而是夹在衣带之间卷在身上,叫作二重带,有时也会折进衣襟,卷成衬衣衣领的模样。为了配合手巾,衣服的颜色也仅限于黑茶色、暗褐色、蓝灰色等等。衣带下面一定有黑色的圆形带子,带芯用结实的细麻捻成。

草思堂随笔

自穗波村

由以"穿了别人衣服逃跑的一茶"故事而出名的旅馆所在的汤田中出发,经过涩再抵达杳野,大约有半里多的路程。再继续走一会儿,眼前便会出现沿着笠岳和五郎兵卫等峡谷蜿蜒而来的清冽河流。道路自然地通向河岸,站在河边仰望四方山岳,才觉得终于深入了北信浓的腹地。

长长的白色河流的尽头,萦绕着岸边柳树和落叶松的浅绿色。如果天气晴朗,那么还未脱去雪衣的户隐、妙高、黑姬、饭纲和高社五座山峰便会环绕着西南方的青天,各展曼妙姿态。河滩路上的石头和草丛间,总会掉落着一两个烟头,一看就有人曾在此休息。等到自己也坐下,路过的村人即使素不相识,也会用本地方言打招呼说:"您辛苦了……"

河滩两岸是暴露出太古大地肌肤的断层,由此向山峰爬去,到了山腰,有六七十户人家的村子便会现身迎接旅人,而穗波村的角间温泉就在那里。

我在那里度过了一个多月的时光。

即使到了五月份,原以为迟来的春天终于造访了这片深山,雪花却还会于不经意间落到盛开的樱、杏和梅花上,若是在东京,足以算是大雪了。

我有时会问旅店主人:"今年我想爬发甫山试试,您看怎么样?"

"还有雪,不成吧。"

"是吗?"

"我替你问问涩那边的人有没有人爬过吧。"

发甫的温泉在距离此地二里多的志贺高原。以前由草津翻越涩岭,从高原下到善光寺街道的旅客很多,然而如今只有夏天才有人经过了。

等待去发甫的期间,这里的白桦和花梨的枝叶一日繁茂似一日。不时也有早晨下霜的日子。

旅店后面吵吵嚷嚷,喊着:"冒温泉了,冒温泉了。"

我穿上拖鞋出门一看,发现不过是四五名工人在山脚狭小的田地上挖土,而沉默寡言的旅店主人也露面了。

我问道:"这是要挖温泉吗?"

主人一副波澜不惊的表情,探头看着冒出热气的洞,说:"嗯,稍微挖了一下……"

说是挖下去,其实也不过五六尺深,白色的蒸汽底下就已经冒出滚滚的温泉,白白地流走,真让人觉得可惜。一问之下,才知道那是寺院的田地,次要请横山大观[1]先生来,建起了先生的

---

1 横山大观(1868—1958),日本画家。复兴日本美术院,作品首先于欧美获得认可。

画院。

北信浓向来与画家有缘。

由现在新挖温泉的角间田地望去,河滩的对面就是上林的广业寺。那里正是曾风靡过渡时期画坛的寺崎氏[1]和天籁社同人的住所,广业氏去世后,尼姑们将其旧宅改作寺院居住了下来。如今,只能静听黄昏梵钟追忆过往繁华。

等到此地建起大观寺,两名巨匠不期而遇,山水间对朝夕梵钟之音,不知又会谈论何事。

我去了一趟地狱谷。

往流向涩町的夜间濑川上游走,经过二十余个城镇直到峡谷尽头,在河床边有一户人家。

激流涤荡的岩层裂隙间,猛烈的蒸汽伴随着地底轰鸣源源不断地喷射出来。不仅在裂缝一处,此间遍地都涌出滚水,流向河滩。

地狱谷的人家将用山间竹叶包成的粽子当成特产供人品尝。年近八十的老妪和膝下子女以及漂亮的孙女们热情招待来客,令远道而来造访峡谷的旅客也都不会失望。

以前我造访这户人家时听老妪讲过她家的孙女原本还有个美丽的姐姐。有一年,来到峡谷的一名年轻贵族爱上了这位姑娘,经过热烈的追求,山间的姑娘变成了都市女郎,当上了贵族的正妻,与丈夫一同作为公使馆随员去了法国。

当初那位姑娘虽然颇受村人艳羡,大家都说"地狱谷的姑娘

---

[1] 寺崎广业(1866—1919),日本画家,和冈仓天心、横山大观等人共同参与创办日本美术院。

成了某某大人的夫人啦",然而在法国待了两三年后,丈夫却发觉妻子性格急剧变化,还和某个男人有私情,就枪杀了她。

"若是在这山里,和我们一起生活,就什么事都没有了。偏偏她被带去了东京,才落到了那样的下场……"我正在剥粽子皮,老妪眼中闪着泪光,对着我述说心中苦闷。

不仅是我,只要是曾到访地狱谷、喝过老妪泡的茶的人,一定都听过这位孙女的故事。此外她还会反复讲莺谷龙岬还是天籁社的一名书生时,喝醉酒就会胡闹,不时给自己添麻烦的往事。又或是龙岬看不惯丸山晚霞的画,就往署名上蹭吐沫;还有龙岬往拉门上写糟糕的诗的故事。

老妪讲的另一件事则着实令人同情:大雪覆盖的深冬,自家的房子着了火,也没人前来救火,一家人只好躲到山谷对面,在雪中相拥取暖,眼睁睁看着自己的家被烧毁。——听老妪讲故事的人,一边吃着粽子,一边思索着即使是独居深山的一户人家,也依然无法摆脱人生的悲剧,心中便有不可思议之感,不由得再次凝望前后的山崖。

信州人实在很爱喝茶。

我不知道统计数据如何,但信州的茶叶消费量在国内应当是数一数二的了。即使是农民家和理发店,也不会喝便宜茶叶,常用的是城里卖二三十文目的茶叶,稍有一点空闲时间就会喝得津津有味。

"喂,不去喝口茶吗?"

走在街上,总能听到招呼熟人的声音,其中一方穿着草鞋,另一方则坐在炉边喝茶。

进理发店，有茶喝；购物时歇脚，有茶喝；借农民家的屋檐下小坐，也有茶喝。而且喝下后主人家会立刻添水，等到茶水没颜色了又会立刻换上新茶。信州人扔掉旧茶时毫不吝惜，这在地方上很少见，同时也体现出信州人有多爱茶。说喝茶这件事上展现了信州人的豪爽也不为过。

这种茶瘾虽与当地是雪国有关，但也与当地水质好，泡出的茶滋味好有关。同样品质的茶叶，比在东京喝的香味要好上数倍。拥有如此名水与美丽月色的信州人却被《人国记》评为"好争斗"，乍看之下似乎是无稽之谈，但若考察其他方面，会发现战国的余韵在饮食中并非不存在。

与茶一并成为这一地方饮食特色的便是马肉。"精肉批发""精肉料理"，山脚城镇中的这种看板，全部都是马肉，甚至有人会吃马肉刺身。东京也曾流行过专营马肉火锅的肉店，然而如今除了日本堤的一部分之外，已经一家都没有了。即使在流行的时候，也没听说过有马肉刺身。

山珍中最好的还要数野菜。早餐前外出一次，随手摘的鲜嫩韭菜和水芹拿来熬汤或做成菜粥，着实美味。蓮、窃衣、鸭儿芹，全都比人工种植的味道要好。在我们眼中看来是不相干的野草，让当地人伸手一指，便会惊讶地发现遍地都是可以食用的野菜。石井鹤三[1]先生似乎说过——"我听说人吃草也能活，做艺术就感觉心里有底了"，的确，地球的表面覆盖满了食物。

尽管如此，所有地方都流传着许多人挨饿的故事。

农民起义的故事中，最奇特的便是在这附近发生的须坂陶器

---

1 石井鹤三（1887—1973），日本雕刻家、版画家。曾为吉川英治著《宫本武藏》绘制插画。

起义。

这是由于当时的藩主过于热衷陶瓷器而引发农民起义的奇妙事件。

须坂是由长野来角间的途中邻近千曲川的小城,福岛正则[1]蛰居后便在此度过余生。起义发生在德川末期,当时的领主是松代的真田侯。藩主究竟是登用了佐久间象山的幸贯还是前一代信浓守虽然还不清楚,但幸贯是养子,因俭约而出名的松平乐翁家,家主本人也有明君的美誉,想来应该是前代信浓守的时期。这样算来,正好是奢侈之风蔓延的文化文政年间。

有一个名叫吉兵卫的京都陶工,在江户的小梅筑窑烧制了不少独特的陶器,他似乎是个有点奇怪的人,会把自己烧制的蛇形陶器放在茅草屋顶上,让蛇昂起头。吉兵卫住在向岛,是正对着隅田川的地方,因此就在作品上落款"向水轩",有时又取名字中的"吉"字,叫作"吉向烧"。

"吉向烧"的名字,在吉兵卫之前的京都陶工也曾使用过。我现在正在旅途之中,手边没有参考书,但是记得黑川真赖的《工艺志料》和横井博士的《日本陶瓷史》中有数行文字说明了其中沿革。此外,我还记得黑川先生和横井博士二人都写到吉兵卫这一支只传到京都一代,之后家人离散,对于其移居江户之后的状况一点都没有记载。

然而,流浪到江户在向岛筑窑的吉兵卫,似乎相当有名匠风格,他受到当时驻留江户的松代藩主的赏识,颇受宠爱。藩侯任期结束要回国时,就强烈希望吉兵卫能去松代,而吉兵卫也难以

---

[1] 福岛正则(1561—1624),日本织丰时代武将。原为丰臣秀吉家臣,关原之战中作为德川一方参战。

回绝，约定五年间担任官窑陶工，来到了信州。

须坂腹地，千曲川支流所及的深山之中，吉兵卫的窑址至今应该也还保留下了一二处，但是我自己还没有去过。总之，吉兵卫奉藩侯的命令，举松代藩财力于山里相中了筑窑的宝地，开始全力以赴钻研艺术。

吉兵卫的技术在极短的时间内进步神速。在江户时，勉强用的是今户或龟户附近的劣质陶土。来到须坂后，就用藩中的资金从京都等地调配来想要的土，釉药也都找想要的，而随着准备工作进展，最终盖起了九座窑。

开始烧制陶器后，又把质量不好的作品全都毁掉，只把好的作品拿出。如今考察这一地方留存下来的吉兵卫的陶器，会发现他的作品内容极为丰富，既有涂上厚重釉彩的茶器、香炉、壶、钵等物，也有仁清风格的蓝釉，还有轻便的日常生活用具。看松代侯作为贺年礼物统一赠送给江户城中女官的缠有金丝银丝的球形香盒，必定会惊讶其精巧绚烂。

然而就在吉兵卫专注制作，藩侯沉醉于其艺术造诣而将其余事物抛诸脑后时，为了生产出高水准的陶器，松代藩的财政早已疲惫不堪。吉兵卫在须坂筑窑后的三年间，藩中的财政官员为了扩充财源，只能被迫反复提高领地居民的租税来应付。

吉兵卫为了追求自己的艺术，毫不犹豫地废弃质量不佳的窑，在此基础上不断建造更完美的窑。筑窑耗资巨大，而烧窑的燃料和由远方采购而来的陶土、釉药乃至人工费用累计起来，即使有松代藩的财力支持，也转眼间就觉得吃力了。

领地居民们终于愤怒了。

"我们种的米都供吉兵卫捏泥巴玩了，就连我们种的树，也全都被用作烧陶器的木柴了。"

农民们发出悲鸣，终于落到了十几个村子联合起义的境地。

起义者如暴风过境一般冲上窑山，把吉兵卫废寝忘食建成的十几座窑捣毁到只剩九座，又把工具和药品与他的小屋一并烧毁。除此之外，在松代领地内的吉兵卫的陶器，哪怕只是一个茶碗，只要发现，也全都扔到路上砸碎了。

吉兵卫不知逃往何处，就此下落不明。他的作品在须坂当地留存少，反而不时现身外藩的原因，便在于这陶瓷起义。

虽然还不到农民起义的规模，但在象山遭乡人误解最严重的时期，附近村庄曾发生过佐久间骚动。

当时象山受藩中任命，担任沓野、佐野、汤田中三村的西洋技术应用负责人，广泛应用西洋学术新知识，分析温泉水质、传授葡萄酒的酿造法、尝试开采寿山石和硫黄，此外还在植树造林和马铃薯栽培等多方面设置奖励生产的措施。众多的计划之中，也有若干失败的例子。而三个村子的村民，则为了这些实验每天都被象山拉去干活，无暇照料自己的田地。

因为象山利用西方科学的实验，弘化年间这个地方的农民已经掌握了种植葡萄酿红酒的方法。然而他的尝试的确也有太过奇想天外的时候。

各项工作中，象山尤其下力气的是作为三村实业的一环向藩中提案的一件事：希望趁大量温泉疗养游客来到涩、汤田中、角间的时期，利用其粪尿提取硝石。

每天被迫无偿劳动的农民们听说这一计划后再也抑制不住怒火，纷纷说没法抛下自己的田地去干从来泡温泉的游客的小便中提取要塞到大炮中的火药原料的工作。

"把象山给换掉""教训教训马脸的佐久间"。乡民们的反感酿成的小规模起义，似乎让象山吃了不少苦头。象山的脸实在长得像马一样。

然而如今回头看来，就和父母去世后才明白父母的好处一样，乡人们也都会缅怀象山的教化了。他遗留下的产业之中，尤以杉树造林最为成功。这一地方每座山都密密地生长着亭亭杉树，那份苍翠映在来泡温泉的游客眼中，难说是如何一番清爽景致。

伟人生前似乎大都难以从世间得到正当的评价——只因其所作所为与性格，都具有足以招致世间反感的特质。然而在其死后，却又受世人崇敬，则是因为其与活着的人之间已无利害和憎恶关系。

这样一来，世人反过来又会将其抬高到超过真实人物的程度，作为偶像崇拜。把其一切作为都当成伟大的，甚至要篡改历史，不将其塑造为生前便如颂德碑一般冰冷僵硬的人物便不肯罢休。

关于这一点，曾经有人讲过一件事：

某次一茶的故乡柏原举办其遗墨展览会，其中一枚写有如下诗句的纸笺吸引了他的目光。

故乡左右望，唯有荆棘花。

这是偶然的、来自死者的讽刺。

有"从未躺下睡觉"传说的楳仙和尚出身兴隆寺，寺里的方丈很早便传了话过来，我就和旅店主人一起由后山去拜访寺院。

这是座幽寂的寺院。看到简朴典雅的山门和正殿的样式，以为是黄檗宗，却原来是曹洞宗。历代方丈多有奇人，继承楳仙的坚岗和尚，据说也是非同一般的酒豪。关于坚岗，有这样一个故事：

直入[1]的高足儿玉果亭和万松山的坚岗有长年的交情，不时相聚痛饮。

某次，正在饮酒之时，果亭颇为不满地说道："和尚，我给你画一幅吧。"

坚岗说："寺里不需绘画。"

"怎么会不要，我给你画，快把绢布唐纸之类的拿上来。"

"把白色的东西胡乱弄成黑的太浪费了。"

"打了这么久的交道，你怎么就不管我要张画啊。和尚，我就没见过像你这么死要面子的人。"

"我不想要，又有什么办法。"

"但我今天就是要画给你。"

"不要。"

"让我画。"

"你那么想画吗？"

"想画。"

"那就在这上面涂几笔吧。"

坚岗就把又脏又破的青灰色甲斐绢袈裟推到了果亭面前。

果亭抓起袈裟，一气呵成画上了兰花，又在一旁自吹自擂地写上了"王者之佩"四字。

1　田能村直入（1814—1907），日本幕末至明治时代的文人画家，以日本最末期的文人画家而知名。田能村竹田的养子。

据说，这件袈裟直到变成碎布，都一直穿在会痛快饮酒的和尚的身上。这不正有王者之佩的风范吗？

提起画家，我这次才知道勤王活动家浮田一惠为了逃脱幕府追捕，曾经潜伏在此地附近的中野町的某间商户中。一惠是当时为大和绘提供了新的核心方向的田中讷言[1]的弟子，与冷泉为恭等人是同一门派的名家。

潜伏在中野期间的一惠披散了头发，扮成出家人的样子。一惠的画作十分优雅，本人却气性激烈，慷慨激昂。他之后被幕府抓到，死于狱中，与其同派的为恭也在丹波市惨遭毒手。

不可思议的是，不仅当时新大和绘的两位名家先后死于非命，二人的师父讷言也在陋巷之中咬舌自尽，不知这是何等因缘。

据说和藤本铁石等人一起参与了十津川起义的天诛组成员之一春日光亲也曾躲藏在中野町。而葛饰北斋曾寄居小布施村中某户人家数年，留下了不少作品。

从万松山回来的路上下起了雨，我们就到穗波村的职员办事处去借伞。同行的人指着由办事处窗户往外看时被烟雨笼罩的函山岭下的人家，告诉我那就是户狩村。

我一直就想去一次户狩村。听说村里自古以来就住着几家烟花匠人，至今现存的世家都还在制作烟花。

我没有造访过户狩村，但某次在信浓附近旅行时，偶然遇见户狩的老人，听到了若干有关烟花的故事。

"如今这风气也有留存。过去的烟花师因为是刀口舔血的买

---

[1] 田中讷言（1767—1823），日本江户时代后期画家，复古大和绘始祖。

卖,虽然脾气暴躁,却是豪爽大方、出手阔绰,很受女人们喜欢。"

老人这么说着,很为烟花村的男人们自豪。

"烟花师里也有有武士身份的人。幕府里有一职位叫作狼烟师傅,其实就是烟花师。信州自古就以烟花为傲,但是三河、越后和其他地方也有不少烟花村。我小时候总听大人讲当时各个地方的烟花师定下日子和地点,在官府大人面前较量手艺的故事。"

老人之后还讲了若干故事,比如与其他地方的烟花村比试时,有个烟花师在烟火阵地中把自己的脑袋给打上了天。

若是御览比赛,就是各国间的竞争了。众人各自竖起烟花村的帘幕,站在阵头的人身穿阵羽织,佩太刀,烟花炮筒都按战阵摆放,发射信号则用太鼓和螺号。那个烟花师在同行间也是公认的高手,因为太过热衷比赛,刚给自己煞费苦心制作的一尺大小的烟花的炮筒点上火,一留意导火索,便没来得及闪开身。只听得一声轰鸣,才发现烟花师的脑袋已经没了。

老人还继续给不懂烟花的我传授了很多知识。比如观赏烟花也有专门的看法,光芒的神秘之处,打上天空的烟花样子与消散的方式中体现出的烟花师的苦心,还有没成功开花的烟花的危险性,等等。那次的围炉座谈着实令人兴味盎然。

我听说佐野村宫崎氏家中的仓库里保存有象山奇特的信件,就和其侄子辈的旅店主人一起前去,请求一阅。

组成书卷的几封信中,我觉得有趣的是象山写给宫崎家的上上代宫崎新助氏的信件。信中请新助氏帮助他物色小妾。

新助氏当时有相当庄头的身份,估计象山自担任本地的官员时便与其有交情了。而且下面说到的事情似乎之前也提到过,信

中是这样写的:

> (前略)近来有人提及善光寺周边有相应女子,然吾以为贵村近旁之人方为好。此前暂任贵村实业负责人亦为有缘,如有同三村出身者即为妙(原文照录)。

写到此处原也不要紧,看到下一封,就有让人不禁苦笑的字句了。象山身为时代先锋,深谙西洋学问和朱子学,持身甚正,因此写到想要纳妾的信时,无论多么文辞通达,也一定是觉得难以下笔。

于是,象山便用有个人特色的理论,努力说明自己纳妾的必要性:

> (原文)前日已与君言道,吾既为文武兼修之名将七世子孙,亦以文武两道闻名世间,因此常愿子女绕膝。虽曾得儿女四人,然不幸亡其三,今只余悦二郎一人尚存,思之惴惴,望能得合意女子再育二三子矣。

象山如此告白自己精力旺盛,而对于想要漂亮女子的愿望,则是这样解释的:

> (原文)姿色过人之女子多有才学亦超群者,但愿可得如此人物——这么写来,让中间人充分理解其意图,十分巧妙。

之后中间人虽然找到了合适的女子，事情进展却不顺利，象山便又写了催促的信件，其中写道此事只为多为名家留下子孙，别无他意，因此不必拘泥对方家世，其下又记述了若干细节：

（原文）如需出资请其入门，每年可给付五円，如妊娠，则于年金之外予夏冬衣物之类，不异正妻。

如此给出了颇为体贴的条件。此外还提到如果四五年间没有生下孩子，则象山自己会作为其娘家人，帮女子找到体面人家嫁出去。而且还要求中间人若找到合适人选，就把自己的这封信交给对方看，总之是十分热心地催促中间人。

上一封信的落款是九月二十五日，之后催促的信则是十月四日。因为没有标记年份，所以不清楚当时象山的年纪，但由信中大意和署名用了"吴湾"这点推测，估计应当是其晚年被罚幽居的九年期间，大约五十岁的时候。

不论如何，两封信中很好地呈现出象山作为一个人的特点，读后甚至能想象出他的面容，我觉得是很有趣味的。

这"请人帮忙物色妾室"的信件，自然没有收录到《象山全集》等书中，但同样内容的仿造品却不少，据说常有好事者上当。假信是抄写宫崎氏借出的原件而成，当家的主人也说或许是因为这点，同一卷中其他的信件没有污损，而唯独请人物色妾室的两封信上沾有手印和墨污。

不仅是书信，象山的书法除了少数珍品之外，其余十有八九都是冒牌货。仿冒品的作者是象山某个姓藤冈的学生，在象山去世后就靠仿冒老师的书法维持生计。除此之外还有一人，是长野一个名叫中村寅吉的男子。中村的书法已臻化境，据说他到别人家游玩时看到悬挂在壁龛的字，回家就能照原样写出来。

这两个仿冒者都已经死了，而被运到东京等地的所谓象山书法，却基本上都是中寅和藤冈的杰作。

纯

因为有《日日新闻》的文艺圆桌会议，又有《新潮》的新潮座谈会等，今年的大众文学批评变得颇为喧闹了。

就连埋头笔耕，坚持不说话只干实事的作家，也都一点点地被拉出来，近来已经被逼到了不得不发声的境地。

如果要问到今天为止是否有真正的大众文学批评，那么我可以断言：没有。

即使偶尔有报道针对大众文学写了些似模似样的内容，大都不过是概念化的诽谤之词和在字面上吹毛求疵。

尤为过分的是批评家们读过的书实在太少，不读书的批评家在写批评。此外，还有怀着某种情感而号称纯文学的人们，带着扭曲的尺度和狭义的文学至上主义肆意漫骂。

因此，大众文学没有正确合理的批评。而越是纯粹的作家，就更会不说话只干实事，为了写出更好的东西而专心努力至今。

从今以后，与大众作家并称的大众文学批评家中，如果有有见识、有切实批评能力的人，那么应该也可为一家之言了。

但是，按以往狭隘的文学尺度衡量是行不通的。无论是阅读还是见识，都要更充分地努力，更深入地理解。

《朝日新闻》的《迷你战舰》在这一意义上吸引了一些目光。

直到在新潮座谈会上见到本人，我才知道笔名为横手丑之助的作者的真身是无产阶级文学派的杉山平助。

杉山君对大众文学也抱有很多疑问，当天的议论由纯文学、无产阶级文学、大众文学三者的分流展开，十分热烈，总之是相当愉快的半天。

以我个人的理解，有如下的理论：

艺术分两种。

个体的艺术，大众的艺术。小乘或大乘，只有这两条路。

西行之生活，芭蕉之心。

柿右卫门[1]的艺术，竹田孤寂的修行。

这些都是个体。

是个体的艺术。

个体的艺术不容他人置喙，是绝对的艺术。同时，在发掘自身深度和哲学趣味上直指艺术的核心，绝不左顾右盼。

这样的艺术，才能称之为纯粹艺术。

---

1 酒井田柿右卫门，日本佐贺县有田町的陶瓷器世家，今传至第十五代。初代（1596—1666）为赤绘瓷器的创始人。

然而。

一百人、一千人,无论人数多少,总之只有某个特定的团体才能理解,同时只将这一范围作为目标的狭义文学运动,其实也是个体的艺术。

但是,今日号称纯文学的事物,追究起来并不纯粹,并不是真正的个体艺术,还是想推销自身,希望有人来读,如此彷徨徘徊于个体与大众之间。

那些人为什么一直都不去努力摆脱陈腐且狭隘,文学青年式的思考方式,转向大众的文学呢?

大众层次低——那些人虽然会这样蔑视大众,但我反而以为大众即是大智慧。

或者,就应转身背离社会,成为柿右卫门,成为芭蕉。

对了。

那之后中村武罗夫[1]给出了一个精妙的比喻:"就是说分为茶室的艺术和高层建筑的艺术吧。"

我春天乘船游览了濑户内海,由别府经九州,一窥山阳地区而归。

原计划是从阿苏直走到云仙,因同行者生病而未能成行。如有机会,我还想多在九州,尤其是濑户内海的岛屿上走走,又可探访无数传奇与文献。

---

1 中村武罗夫(1886—1949),日本小说家、评论家。新兴艺术派发起人之一。

了解《桧山兄弟》终章里短暂登场的日柳燕石的事迹，也是我未来造访四国时的课题之一，却不知何时才能达成。

山阳地区印象尤深的是宫岛。

我曾经失望于松岛而对名胜景观敬而远之，不料对宫岛倒是颇为喜爱。

因为不打算在岛上过夜，我将行李放在了停车场，之后却想留宿了，就在红叶谷边的人家歇下，对着题有长三洲[1]诗句的旧屏风，躲在没有门的隔扇内，打着寒战挨到了天亮。

但是我并不后悔。——将来，我想写写严岛[2]。

一有空闲，约定要送给读者用的纸笺诗签数量就会五张十张地积攒起来，数量不小，还没有写完一半。这个月作为试笔，我在纸笺上写了：

　　　　世间纷乱不寻常，小院五坪山茶花。

以此略作自诫。

即使是旅行途中，我都不会忘记如今世间纷乱。

然而，同时也希望能有五坪小院的从容。

活在当代的我们——走上社会的人，无论是谁，应该都怀着

---

[1] 长三洲（1833—1895），日本幕末勤王派志士、汉学家、汉诗诗人。

[2] 即宫岛，宫岛为正式名称，但目前两者都还在使用，部分专属名词（如严岛神社、严岛合战）固定使用"严岛"。

同样的心情。

真心希望好的作家能和好的批评家一同，在今年登场。

之前与白井乔二见面时，也曾恳切谈道：

若不登场，可就难办了。

只要是真正有素质的人，如我等微力虽不足道，却也绝不吝向社会推荐。然而，依然没有携平均水准以上实力与学识的新人前来。

大众文学的阵容，不能总是白井、大佛、佐佐木、长谷川[1]、直木，不能总是我们这些人排在一起。

难道就没有不受狭小的文学理念或过时的思想形态的拘束，明朗而志在未来的伟大作家登场吗？

诗坛也是不成样子。

当此国民之中忧国热血涌动之际，居然没有一位高举热情的火把，于街头高歌而出的国民诗人现身。

街上传入耳中的，还是一成不变的末梢神经式的旋律。

我想。

日本的非常时期还没有真正到来。迫切的非常时期，不知会在今年还是明年出现，总之是在未来。蕴含着真正的新兴力量而萌芽的未来的文学，想必也会于那时诞生。

为了到时不落后于时代，今后人们应当不断努力学习。

---

[1] 长谷川伸（1884—1963），日本小说家、剧作家。

窗边杂草

砚滴

大众文学随想

拓宽视野

说到至今为止,自己写哪个时代的作品更多——我是没有什么偏向,平均地写了各种时代。但是过去一般的作家还是从幕末维新时代取材的最多。我虽然也写幕末维新时代,但还有很多可写的余地。即使我这一生都专门由幕末时期取材,也是写不完的。这只要改变迄今为止一般的立场,从截然不同的视角来写。现在为止,大众作家用于作品题材以及历史学家记述的幕末维新多为日本国内的视点。日本国内的情况与相关的人物——时局的种种纠纷,仿佛是单靠日本的力量推动的。因此写作小说时,也非常偏向局部,以个人英雄主义或单个事件为中心,看法偏颇。我要改变这种看法,也就是说,我的目的在于改变观察维新历史的视角。

若问要如何改变,看看如今的国际局势和日本的立场就能理解，绝对不能对国外情势漠不关心。维新事业是全靠我们自己的力量完成的革新——要抛弃这一偏见，重新观察国际化的维新，将日本视为浮于海上的一个岛国。如此，新的题材视点便会自然而然地喷涌而出了。作为试验的作品之一便是《桧山兄弟》，其中描写英国公使帕克斯与法国公使罗什的争斗，便包含了上述意图。

然而，如果把这种作品突然之间扔向普通读者，因为与其平常习惯阅读的东西不同，所以是有一定风险的。于是，我就在其中充分交织了传统大众文学的趣味。虽然不知道读者里究竟有多少人明白了这一风格，但我的意图是在于此的。

就这点而言，其实如果不从中国的鸦片战争时期开始考量，那么是无法理解日本维新的别样风云——由外侧促进维新的风云变幻。也就是说，英国乃至诸外国的魔爪对日本维新的纠纷与冲突所造成的影响，纵观各种原因，其实对日本的维新有极大帮助——如果从这一观点取材，那么如上所述，以幕末为舞台的作品还有非常大的挖掘余地。

我的作品

我觉得有些时代的确比较难写。比如德川幕府的田沼意次[1]时代和水野忠邦[2]时代。那个时代对我来说有点难以下笔，不太感兴趣。主要是因为那个时代的政治是所谓消极政治，庶民的生活比

---

1 田沼意次（1719—1788），日本江户时代中期幕府重臣。致力于振兴贸易，开发虾夷地区（奥州一带至北海道）和开垦新田。执政方法被批评为"贿赂政治"，最终因天明年间的大饥荒而失势下台。

2 水野忠邦（1794—1851），日本江户时代后期幕府重臣。曾领导天保改革，提倡节俭，因手法过激而失败下台。

起反抗更倾向于逃避，或者就是空虚的。那种时代我不太喜欢。

我写小说的基本原则是主题无论何时都积极向上、充满希望。原因在于我认为现下阅读大众文学的人群——大众——之中最为欠缺的事物就是希望和信念。现在我们的生活本身，一天一天过得愉快或充满希望的时候很少。而在经历一天的生活而筋疲力尽之际，读到的小说，比如说晚报或杂志上的小说若是空虚消极，乃至自暴自弃的内容，那绝对无法让读者感兴趣，也不能成为其精神食粮。所以，我总是注意要写出充满希望而明快的作品。

我感兴趣的时代

我对战国时代非常感兴趣。然而由战国转入室町时期，因为读者的预备知识会略显不足，所以没法写简单明了的东西。由小说的结构而论，如果内容需要说明，那么小说本身就会变得笨重了。如果这部分不变成一般人真的愿意读的内容，那么大众文学就不能说是可以在自由的领域中创作。但是，眼下却很难做到那一步。

如果大众对于即使是缺乏预备知识的内容，也愿意努力阅读而强烈要求作家来写，那么作为创作题材的时代范围就会变得很广泛了。到了这一步，大众文学才能算是真正地属于群众。

冠绝世界的侦探小说

我觉得南北朝时代用作大众文学题材应该也十分有趣。最大程度地忠于史实写作，将那个时代的民众生活——历史的余白部分——由内侧用自己的构思填补上,应该能写出很多东西。比如说长庆天皇[1]的事迹。虽然不敢将长庆天皇作为主人公写作,但如果能将那洋溢浪漫主义精神的事迹写下来,我觉得可以写出冠绝世界的伟大侦探小说的。

而随着历史的余白被填充,我们不就可以暗示别样的历史观了吗。有关长庆天皇的传说——其陵墓或宫殿之类的,由九州边缘直至东北地区尽头无处不在,可以想见其规模之宏大。此外,由南北朝略微上溯的平安朝文化崩溃至新的武士政治兴起之间的时期,正好发生了平将门的天庆之乱[2],我觉得那个阶段的日本也是非常有趣的。

历史的有趣之处全在于过渡时期。考量那个时期,恰好是文化烂熟至藤原道长能吟出"此世即吾世,如月满无缺"这样诗句的时代之后,当时民众间社会意识还十分淡薄,因此烂熟的文化能够像不经风雨而盛开的花朵一样不被吹散。而如幕末维新或应仁之乱到战国时代中出现的破坏式的英雄也没有现身。虽然关东平原偶然有了平将门,但他并非由于有了革新意识而产生的文化性的英雄。

即使没有风吹雨打,大自然中花朵也会凋谢,迎来新叶萌芽。伴随着将门式的人物出现,平安朝的文化衰退,几乎是无意识不自觉之间的动向却孕育出了下一个时期的武士阶层。那个时代真的是很有意思。

---

1 长庆天皇(1343—1394),日本第九十八代天皇(1368至1383年在位)。因缺乏史料,对其是否即位曾存在争议。大正年间被认定为天皇。

2 日本平安中期在近畿以东及九州地区几乎同时发生的两起叛乱。承平五年(935)平将门于关东发起的叛乱于天庆三年(940)被镇压。承平六年(936)藤原纯友于濑户内海发起的叛乱于天庆四年(941)被镇压。

我一直在思考的问题

作为大众题材的历史人物，时代最早的应该是将门了。之前虽然有素盏鸣尊、圣德太子等人物也被用作题材，但正如前文所述，需要读者有相当程度的准备知识，所以比较困难，而作者本人也需要好好学习。中里介山[1]的《梦殿》写的是厩户皇子，但古老的题材真的是很难把握。讲述日本古代历史的《古事记》对日本人而言非常重要，但日本的民众里又有几成人能阅读其原文呢？恐怕连百分之几都到不了，一万人里或许能有一个。我不打算徒然用民众难以理解的《古事记》，而是要抓住《古事记》中我们的祖先的身姿，抓住当时流传至今，蕴含在我们的血液中的日本人之精神，即所谓民族之血液。有没有办法能牢牢地把握住这一精神，写出更具有民众性的作品呢？这就是我一直在思考的问题。我想，如果有真正的日本大众作家，无论能否做到这一点，都必须将其作为自身的课题之一。

---

1 中里介山（1885—1944），日本小说家。深受佛教思想影响，为近代大众文学先驱之一。代表作《大菩萨岭》。

作家的世界

我以前常读随笔，而最近常读传记。对于传记，我有以下的看法。

无论是小说还是历史记录，对于一个人物的写法总会偏于抽象和局部。然而传记中却能阅读其人生起点直到终点。纵观这个人的生涯而了解其途中所为之事，乃至其自身的信念的最终结局如何，传记中都会记载。这一点读来非常有趣，而对于我们反省自身也大有裨益。

此外，如果要批判某一人物，那么不深入了解对方的传记是不成的。这不仅是看单个人物传记的方法，考察整体历史时，也必须保持正确的客观态度。沿着历史走，就会被拉入历史之中，然而历史有许多错误乃至歪曲掩蔽，单纯地相信其内容是危险的。

因此我作为一名作家，会非常诚恳地读历史。一方面诚恳地阅读而尊重历史，同时也会看轻历史。说是不把历史当一回事又有些不恰当，总之是要看轻历史。其中原因在于历史是人写的，并非皆为事实。因为历史学家在各种地方都想做总决算，想给出结算报告。

比如由大阪城陷落至德川初期的大阪城陷落那一页之后，立刻就是德川幕府时代了。平家一门在坛之浦灭亡，下一页就已经是源氏全盛期，而其间的世相变迁却丝毫没有记载。

然而考虑一下人类的本能，就能明白人总是会拼命地想要活下去。所以，平家的人也并不是全部死在了坛之浦，而大阪城陷落也不代表丰臣一方都没落了。想要竭力挽回己方势力，让自己一方的文化重新活跃在世间的思想，在武士阶层中特别强烈。因此坛之浦后立刻进入源氏时代，又或是大阪城陷落后马上进入德川幕府时期，都是非常不自然的。此处就有大片的余白，而这大片的余白对于我们这些作家而言，是最有意思的地方。

但是历史学家因为觉得这些时期很棘手，便缄口不言。这种时期的确很难处理，然而这不正是人类文化史中，最为复杂也最为有趣的地方吗？由我们作家的视点看来，这是对历史学家最大的不满，而某种意义上却也值得庆幸。也就是说，对于此类余白，我们一定会捡拾出被埋没的零碎细节，创造出只属于我们的世界。

相反，如果历史学家的记录太过清晰，那么我们就无计可施了。以传记为例，如果要写赖山阳——一般而言，即使是相当详细的人物传记，也就是年谱，但赖山阳的记录，与其说是月谱，但不如说是日谱。比如看五月二十四日就能知道五月二十四日有什么朋友来访，傍晚去了那里，晚上有谁来了，第二天有谁来了，去了哪里探望，诸般事宜都写得一清二楚，连当时吃了什么都能知道。碰上了这样的，我们作家可就为难了。

我虽然在《梅飚之杖》中写过赖山阳之母，然而一动笔，发现因为知道某日中人物去了哪里,某日又做了什么,就算把事实写下来,作为小说而言也都是束手束脚,又不能瞎编。而赶上在旅行途中写作,有时就会觉得找参考书十分不便。

小说与史实

小说与史实的关系——这是非常麻烦的事，我最近写的东西也因此而闹出了问题。时机正好，我就在此说一句，史实这个东西，并不知道其中究竟有几分真实。比如说在去某处的途中，有三个人目击了同一件事，事后三人分别讲述自己的观察结果，那么此处便已经产生龃龉了。

比如说樱田事变时，浪士们一起持刀冲向井伊扫部头（井伊直弼）的轿子的瞬间，目击这一事实的人着实不少。松平出云守的家臣从主君的窗口看到了，过路的人看到了，在附近草棚里的老人等等，许多人都看到了。幕府在事变后让所有目击者上交了目击报告，我有报告的影印本，然而对照所有报告，结果就是所有内容都有出入。

砍向扫部头的轿子前，袭击者们开了一枪作为行动信号。这一枪有说是关铁之助开的，也有说是森五六郎开的。究竟是谁开的枪，光看袭击者内部就举出了四个人。最后是负责记录的人综合各种信息，估量着应该是某某人而下了决定。

但是，写小说的时候为了挑出事实，如果将事实的价值想得太过极端，就无法写出好的小说。绝对不能蔑视事实。无论怎样空想，也要先将事实视为事实而追究明白，以推理的态度综合所有要点，推动情节发展。也就是说对于"必须是事实"这点要做到心中有数。

以这一基准来看，我想所谓的小说如果让读者在心里产生"这是假的"的感受，那么这篇作品就失败了。因此无论作者书写何种空想，也都要让读者觉得这些是事实，我以为这可以算作小说的使命之一。

用其他人的作品举例有些抱歉，但《丹下左膳》虽然颇受好评而有众多读者，观察后来读者们的心理动向，会发现多有感到大失所望的人。究其原因，是因为读者最终明白这不过是个设计而觉得期望落空。

唤回故人

我认为历史上的人物，即所谓故人，绝不是已经死去的人。无论何时，应对当前的社会形势，只要发声呼唤，历史上的人物便会由地下复活过来，助力今天的文化。举个简单的例子，滨口内阁[1]采取极端节俭政策时，二宫尊德[2]就在民众间复苏过来，产生很多以其为题材的作品，很受瞩目。而等到崇尚欧美文化的风气过于发达，到了必须重新认识日本固有的文化的时候，如楠木正成这样最能体现日本精神的人物就从历史上被拣选出来，在民众中被广泛阅读。物质至上的生活太过喧闹，到了太缺乏时间思考而需要反省的地步，则类似宗教复兴的呼声便会高涨，人们开

---

[1] 日本第27届内阁总理大臣滨口雄幸组织的内阁。1929年7月—1931年4月间执政。

[2] 二宫尊德（1787—1856），日本江户时代中期农政学家、思想家。提倡"报德思想"，指导农村复兴。

始重新书写法然[1]，解读亲鸾[2]，而日莲[3]也成为小说题材。

　　观察这类事例，会发现几乎可以说对应当下的社会状况，故人们按年份被唤了回来。其形式或为小说，或为电影，又或是单行本作品，散播至民众之中。这些事物在民众的精神之中总是会以某种方式或大或小地引起波澜。而大众精神受到影响，又会作用于今天的文化。因此我相信故人的力量其实也在间接推动着文化的前进。

---

1 法然（1133—1212），日本平安末期至镰仓时代初期僧侣。净土宗开山祖师。
2 亲鸾（1173—1263），日本镰仓时代初期僧侣。净土真宗开山祖师，曾于比睿山修行。
3 日莲（1222—1282），日本镰仓时代僧侣。日莲宗开山祖师。

写作《宫本武藏》

今天写作大众小说，必须是能融入民众血液，一直有生命力的作品。选择人物创作的时候更需如此。

比如说我现在正在写的《宫本武藏》，之所以选择这个题材，是因为今天的思想潮流中充斥虚无主义、自由主义或者其他极端的思想。此外也有位于两者正当中，事事无所谓，没有任何思想的潮流。然而今天民众中间最缺乏的是什么呢？选择小说题材之前，首先应当考虑的便是这一点。结果我想到的便是之前提到的"相信自身"最为缺乏。即是说相信自己、相信他人、相信自己的工作乃至相信自己今天的生活——这样的信念十分薄弱。另外关于刚才说到的有希望的世界，还有一点值得注意的就是现在人类变得非常理智了。我想，久远的历史之中有今日社会迫切需要的坚强与坚毅精神，有让人能更加满怀希望和活力度过每一天的生活力量，而这些东西在当今都变得稀薄了。

因此，作为对当下文化的反省，如果能唤醒拥有我们今天忘掉的精神的人物，那么我们的精神也会复苏。写作中还要添上小说作品的趣味性，并使其对生活有意义。我觉得宫本武藏正是符合这些需求的人物，因此选择了这一题材。

但是，即使不用理论说明，大众作家也一直都会注意这些因素，也就是所谓的直觉。有时凭直觉也会失败。比如我写《贝壳一平》时，觉得正统作品已经遇到瓶颈，想着哪怕时期不长，幽默作品的时代是否能到来呢？怀着希望幽默作品时代到来的心情，挑选了诙谐的人物作为主角写了出来。然而结果证明我的直觉太过超前了，一般而言超前一两年是正常的，而太超前就会失败，略微领先潮流是最合适的。

大众作家被说是对时代感觉最敏锐的团体，但是仅仅急于引领潮流是行不通的。大众文学的宗旨只能是"反省"。文化并非浑浑噩噩地前进就算是进步，真正的进步无论何时都要伴随正确的反省。反省让我们不断回顾自身历史中的文化，向自己的生活中不断注入新鲜而健全的认识。同时反省现在与过去的文化，将两者置于自己正确的批评之中，加以调和与筛选，选取好的要素吸收，如此踏实的前进才可谓真正的进步。

我的思考方式乃至著述虽然被一部分批评家撰文称为"强烈的保守主义"，但我绝非保守主义者。我深知大众文学乃是反省的文学。如果没有反省，全部都是徒然剑走偏锋而轻佻浅薄的内容，那么日本文学就会变成跛足，沦落为极为不健全只追逐新奇的事物。

我怀着以上的信念，写作着《宫本武藏》这样的小说。

乡土文学

此前在文艺恳谈会中也曾提到，过去的封建制度似乎有很适宜文化发展的特点。今天的社会太过偏向都市，在以都市为中心，过分中央集权的文化下，文学、美术、工艺，乃至我们生活中的点点滴滴，没有一样不是都市化的事物。比如说袈裟小调和小原小调。今日的袈裟小调不是越后的，小原小调也不属于小原的乡土而变成了东京的东西。各个地方乡土自古以来保有的好东西，甚至连流传在不同地方的固有的美术，都被收集到中央来了，而还给各地方的只有最幼稚的印刷品和浅薄的唱片。在各个地方，可以说文化反而比封建时代退步了很多，只有大都市中的文化变得烂熟，形成了类似脑充血的状态。按汉方医生的说法，头寒足热是身体健康，然而今天日本文化的形态却变成头热足寒了。

反省并回顾封建时代的文化，比如说水户，文学有藤田东湖，美术有立原杏所，经学方面又有某某人物，总之各方面都分别有大家。而艺州藩[1]有艺州藩独自的学术系统和文学、美术。这样各个地方在每个分野都有清晰的文化特色，互相切磋琢磨，最终充实了全体的内容。然而今天的日本除了都会之外，这样的特色正在逐渐流失，实在令人惋惜。

这样的潮流中，只有大众文学还在为重新发掘各自的乡土特色贡献绵薄之力。

考察日本自古而来的国民性质，核心在于对乡土的爱以及一直联系着我们的历史性。如果破坏这两点，则日本的国民性几乎难以成立。因此无论是单看一个人物还是看整体历史，乡土特色都有极大的影响。今天的文学虽然对先进文化非常敏感，却缺乏此类内容。没有对乡土的国民性的探索，是当今文学严重的缺点。——虽然不能说所有的大众文学都做到了这一点，但至少其中略微优秀的作品和出色的作家对乡土特色，即所谓乡土文化是相当关注的，我觉得这也是大众文学的特征之一。简而言之，我希望今天的大众文学既能作为反省的文学，同时也能有乡土特色。

---

[1] 日本旧藩名。今广岛县西半部。

致以作家标准要求自己的人

　　归根到底，还是要努力学习。别人经常说我读书多，但我并不为了能马上应用于新的工作而去读书。我读的书在别人看来，都是些"忙成这个样子为什么还读一点都不沾边的书"。

　　而且我也没有专门用于读书的时间。都是在就寝之前，拿上一本书趴在床上读。基本上都是与现在的工作丝毫没有关联的东西。

　　立刻读完立刻应用这种慌里慌张的方法，现实中其实是来不及的。我偶尔见到有人这样用，却是一眼就能看出没能消化好内容，只白白从肠胃走了一通。

　　不带有目的只凭兴趣读的东西，过了若干年后就分不清究竟是由外界得来的知识还是自己原有的知识了。这一状态下就可以如同蚕抽丝一般，抽出其中有价值的知识。然而很多人却不这样做，大都是将刚刚读到的东西原样拿出来。因此利用空间就很狭窄，无法充分消化。

怀着读了这一部分要用到某处的打算去读书，即使费尽力气，读到十行的内容也只能用十行，甚至只能用上五六行。

例如接到写某篇小说的工作，有人会为了写作而急忙外出旅行。我觉得那种做法是没什么意义的。究其原因，比如要写长崎，即使不了解长崎，也有关于长崎的各种文献。既有天主教历史，也有长崎贸易史风俗史，可以坐下来幻想长崎的种种历史。抛弃幻想，自己实际造访长崎，深入长崎现存的文化中，反而会糊涂了。

另外如果要写小说这种东西，即使因为觉得去了某处就能了解某人而旅行，在当地也会忙于听闻各种消息而无暇思索，顾不上让身为作家的头脑关键部分兴奋起来。所以要调查此类事物倒也无妨，但为了第二天写作急用而去调查就无趣了，一定要凭兴趣去阅读。我读书全按兴趣，因此读什么都可以。可以是讲陶器的书，也可以是谈书画古董的书。读感兴趣的书总是会觉得有意思。因此我并不需要太过努力，只是觉得还挺有趣，之后又会在某处派上用场。

而且现在的人耐性不够。提到这点，我记得曾经被父亲训斥过。我搬到山手之前住在隅田川岸边，早晚眺望隅田川总能想象到诸多事物。于是我渐渐地变得没法漫然描写流过东京的隅田川了。我想着要研究一下隅田川，花了半年还是一年的时间，只专门调查隅田川。父亲看到了，就问我"你这阵子在学习，都学了什么啊"，我回答"在学隅田川"，父亲就训斥我"真是干傻事"。父亲去世前似乎说过"那孩子，就那样子该靠什么生活啊"。父亲恐怕是为此而叹息许久，但结果却是对我大有裨益的。

我想写的人物

虽然还只是没有头绪的想法,但今后我想写的人物有织田信长和曾吕利新左卫门[1],还有平将门。另外就是胜海舟[2]、山冈铁舟[3]和高桥泥舟[4]。即使不能三个人一起写,也可以透过这三人描绘由维新到明治时代的文化变迁。

想写织田信长和平将门的原因在前面已经提到了,简单说来是因为二人都是处于日本文化过渡期的特殊人物。

另外,曾吕利新左卫门是那个时代的成功者——丰臣秀吉反面的人群的代表,可以说是出自同一时代的人物不同命运的代表。

---

[1] 曾吕利新左卫门(生卒年不详),日本织丰时代落语家。据传曾侍奉丰臣秀吉,有若干幽默故事流传。

[2] 胜海舟(1823—1899),日本幕府末期至明治时代政治家。曾担任军舰奉行,治理整顿幕府海军。作为幕府代表与西乡隆盛谈判,成功实现江户的和平开城。

[3] 山冈铁舟(1836—1888),日本幕府末期至明治时代的剑客。精通剑术、书法及禅学。同胜海舟一起为江户和平开城做出贡献。

[4] 高桥泥舟(1835—1903),日本幕府末期幕臣。精通枪术,任十五代将军德川庆喜的护卫。与胜海舟、山冈铁舟并称"幕末三舟"。

既有像秀吉一般步步高升者,也有做不到的人。今天的社会中——无论哪个时代,都会有不得志而生髀肉之叹的人。我想支持这类人,令秀吉也大吃一惊。秀吉到了晚年位极人臣,享尽荣华富贵,而新左卫门不得志之时却能不失望,不陷入消极的生活中。经历逆境而依然笑看人生,甚至超越秀吉。我写曾吕利新左卫门的宗旨就是描写这样的败北者的人生价值,却不知是否能写好。

现代小说与历史小说

所谓现代小说和历史小说针对的读者群有一些差别，从两者担负的文化意义上的使命看来也有不同。对文化进步的状态进行批评，促其成长是现代小说的使命之一，因此都市环境下，生活在比较新的文化要素中的读者会热烈支持现代小说。文化自身会不断前进，带有推动生活进展的性质，所以在日本这样敏感的文化和国民特性之中发展得尤为匆忙。

文学在这样的背景下，某些时候也会无暇取舍选择，只顾着加入带有新要素的内容而不加检查。此种弊端在纯文学与所谓现代文学中十分常见。拥有反文化形态的历史小说在今天却依然能够兴起，可以说是即使在文化进步的过程中也还肩负了不可或缺的使命。

这一使命就是对文化的反省。我们形式上以及精神上的生活，无论我们是否愿意，都时时刻刻被推动向前。如果不伴随坚实的反省，光被科学进步和潮流主张哄骗着匆忙前进，将是非常危险的。进步中总不忘正确地反省，如此就不会遗失由自身历史而带来的本质要点，真正扎实的进步就源于自身本质与新鲜影响的调和。就这一点来看，我认为大众小说中的历史小说是对文化进行反省的文学。比如说写在今天有教养的人群看来是野蛮、陈旧乃至落后的封建时代人物、道德和世相，其中登场角色有武藏这样的剑客或游侠，也有战国时代的猛将。但留住读者的并不单纯是由如今的现代生活远眺历史景观的浪漫趣味。

我的理念是近代的文化人要拥有细腻的知性和敏锐的感官，以及有真实生活智慧的知识分子成为民众的基础。这件事看上去像是文化的进步，然而人类的知性越是追随生活真理进步，文化就越会在细枝末节上繁荣，乍一看是近代文化的进步，但越是到末梢，人类原本拥有的生命力越是不可避免地会变得稀薄。比如今天看万叶文学，能发现人类本质的精彩，历史久远的绘画、美术，尤其是存在于建筑之中，足以令现代科学甘拜下风的特殊之处，正是只在末梢上进步，而生命力变稀薄的文化人的自白。

我觉得大众文学最应关注的方面就是上述的文化反省。面对衰弱而容易沦为末梢的生命力，不断地尝试唤醒符合国情而强有力的国民性和国家特征——我想，这即是大众文学的重要使命。

非茶人茶语

一

因为某事而拜访他人，饮完酒或是品过茶后，对方就会拿出纸笺。有时也有人请我在诗签上留下笔墨。

尤其是最近，无论是否真的有兴趣，总之是有求笔墨的风潮。在旅馆留宿、去吃一顿饭，更有甚者，在讲座准备室都有人找上门来。

若是被求的人想吟诗倒也罢了，但总之是给人添麻烦。不过说句实话，繁忙的旅行途中被逼着写出一句糟糕的诗，有时事后回忆起来却又会觉得颇为怀念，换个思路，总比女服务员拿出手帕要求签名要好些。因此，我只要有时间就会写。

但是，动笔的人不收费，就要按着自己的意思来。日本纸绝对不行，墨汁也不要。对方拿出手账的话就考虑一下。旅馆的纪念画簿之类的，如果看到有自己讨厌的人已经写过了，就再没心思动笔了。

有一次五六个人结伴去屋岛,当地有烧粗陶器的窑。也记不清是高松市旅游局还是市里的什么部门的人了,拿来很多陶绘的工具和未烧制的盘子酒壶之类,说是请我们随意书画,然而一开始写,艺伎们也都从粗陶店买来材料,不停地要我们写,结果那半天我们待的地方就变成粗陶店了。

久米正雄被人求就会按对方要求轻松地写;菊池宽嘴里嘀嘀咕咕却无法回绝对方;横光利一在别人还没搞清楚他到底肯不肯写的时候已经写好了;村松梢风[1]被人一求就会高高兴兴地写上比对方要求还丰富的内容,小鲫鱼、松树等等,写得十分认真;大佛次郎一定会逃掉而不写;田中贡太郎只要有酒喝让他涂画多少都可以——作家众多不胜枚举,总之在留笔墨这点上大家也都是各有特色。

也有有洁癖而坚持不写的人,是因为做事太过一丝不苟,比如泉镜花。

说到不写的人的心理,恐怕是因为觉得不好意思。作为文人,这也是理所应当的洁癖。更不要说如果纸笺诗签上保留下了意外的恶作剧,那么到死后都会成为笑柄。光是铅字中就有很多需要忍辱偷生之处,为什么还专门去找事——这话也说得没错。

但是我对此有以下理论。

我觉得完全没有必要担心。求笔墨的人是因为一时的风潮或

---

[1] 村松梢风(1889—1961),日本小说家。作品多为考证性传记。

流行而求，不可能把东西保存到百代之后，只是随着市井尘烟而去。大众的眼光与久远的时间会在无数的故纸堆中做出选择，没有价值的东西不知不觉间就被抛弃，只有有价值的事物留存下来。

有价值的事物留存下来也挺好，而我们的涂鸦根本不可能保留下来，时间会将其清扫得干干净净。所以也不必视其为苦楚——这是我的做法。

比如说镰仓或足利时代，也不用回溯很久，桃山时代之后的禅门等流派的墨迹和绘画，又有多少留存到了现在呢？春屋[1]在世时，摆出一副比其更有高僧相的和尚想必大有人在。泽庵在世时，睥睨世间，敢问"泽庵何许人也"的禅师很多。竹笋都会长成竹子，但墨迹并不都能成为后世赏鉴的对象。

光悦、宗达[2]所在的艺术世界也是如此。四条派[3]发祥时期，不知有多少画家自恃有应举[4]、吴春[5]的水平。而除开元信[6]、探幽[7]，御用狩野派的人中又有多少人的作品流传至今呢？更不必提

---

1 春屋妙葩（1312—1388），日本室町时代临济宗禅僧。获室町幕府将军皈依，临济宗相国寺实质上的开山宗师。

2 俵屋宗达（生卒年不详），日本江户时代初期画家。活跃于庆长至宽永年间，作品构思新颖，构图大胆，代表作《风神雷神图》《莲池水禽图》等。

3 圆山四条派：以圆山应举为创始人的圆山四条派和始于吴春的四条派的合称。擅长立足于写生的装饰画风格流派，风靡日本江户后期京都画坛。

4 圆山应举（1733—1795），日本江户时代中期画家。圆山派创始人。受外国写实画法影响，开创了以精细观察为基础的新画风，为日本画的现代化做出了贡献。

5 松村月溪（1752—1811），日本江户时代中后期画家、俳人。四条派创始人，别称吴春。擅长描绘富于诗意的花鸟风景。

6 狩野元信（1476—1559），日本室町时代后期画家。继承父亲正信的水墨画风，加以浓彩技法，开创狩野派新画风。

7 狩野探幽（1602—1674），日本江户时代初期画家。创造出符合武士道精神的绘画风格，奠定狩野派繁盛的基础。

其末端中的末流了。

相反的情况也有，不，倒不如说相反的情况更多。比如田能村竹田，在世时其画作连一幅都卖不出去，如今却大受推崇。能领会其诗作和画中神韵之人或许还不多，但诸如双轩庵目录、百年纪念活动等等，总之对竹田的重新认知令人十分吃惊。

查看明治初年的俳人排行，小林一茶等人的名字只写在边角处，被放到不拿放大镜找就看不到的角落。当时的巨匠如某雪中庵、某夜雪庵等人，时至今日其名字早已无人知晓，留下的纸笺连收废品的人都不会要。

然而一茶的墨迹却养活了众多仿冒字画的人，他的日记令学者花费半生去研究，其俳句被译成英语乃至德语。

这样一看，认为我们笔头的玩闹会成为身后笑柄，这种想法已经是太过高估自己了。即使有求必应地写，也不会在多少地方留下多少东西，皆随春尘去不见秋水而已。

但令人头痛的是求笔墨的人有时会出难题——要求被求者作画。虽然并不多见，但越是不好推辞的人就越是会出这种难题。

不过我对此也是轻松落笔。自然，画得比小学生还要糟糕。然而画终归是画，求画的人虽然困惑，却还是会颇为暧昧地称赞几句，就此作罢。

朋友经常说"你可真够胆大啊"。又拿犬养毅[1]生前，有人称

---

[1] 犬养毅（1855—1932），日本政治家。作为立宪国民党党首积极从事护宪运动，开展普通选举运动。1929年任政友会总裁，1931年任首相，五一五事件中遭暗杀。

赞他的书法有苍古之韵，问是依据哪位宋元大家风格落笔，他回答说"我是用脸皮写"的逸事来开我的玩笑，说吉川君你的画作可不是比犬养毅写的字还要用脸皮了？

其实我没有那么无畏。只是纸笺诗笺这一类的东西，虽只是一时游戏，但既然要怀着兴致下笔，那么如上述见解一样，我对于绘画也有独自的理论。

其实，画画这一技能，无论是谁都是生来便有的。原始人不都会画画吗？文字才是后天训练得来的技能。绘画先天存在于人的官能中，接近本能。

面对专用的纸笺这一严肃而传统的形式，对方递过纸笺求画，即使是能画上几笔的人，也都会被形式所困而觉得害怕，第一反应就是推辞逃脱。

我虽然也经常干这样的事，但仔细一想，此种理性其实是多余的，还会把自身原本具有的创造美的能力变得盲目。

让自己相信自己不会画画的不是别的，正是自身的智慧。因为看过画家的画，对美术有一知半解的鉴赏能力，因为有了这一点知识，不知不觉间便因自己不懂专业技法而妥协放弃了。

此外，在人前觉得丢脸，不想被人笑话等等复杂的心理活动也导致人们把坚决推辞当作理所当然，就算会画一点，有人再三再四强求，依然会难以动弹。

我找不出适合当下表达的古人语录或诗句，却联想到田能村竹田因为意识到智慧中内含的邪气，不喜自己绘画技艺提升，终其一生都奋力挣扎，希望能返璞归真的那种心境。

竹田在诗句或题词中总是说自己从未想要画得越来越好。说如果能将自己的痴、稚、拙、钝，这些与生俱来的特点坦然大方地表现出来，自己就不知该有多高兴了。

我自己的画，自己看起来也觉得画得糟糕。但这不是为了卖给别人，娱乐他人的画，不过是为了自娱自乐，为了自己的东西，所以我想这样就足够了。

竹田认为再没有人像自己这样笨拙而缺乏才能了。他畏惧的是企图巧妙地用小聪明将笨拙与无才包裹起来而加以修饰的行为。只要是人——包括竹田自身——都会有这种自作聪明的矫饰，竹田怕的是这一点。

因此，他尝试小心保持而珍爱自己天性中的稚拙和愚钝，表现出来的就是其画作、诗歌乃至生涯。

将自己和竹田比较不免惶恐，但我也觉得要将心境放得更平坦淡泊才可以。更何况这不过是外行人如同做游戏一般的画，画得不好是理所应当，完全没必要把拙劣之处装出好看的样子。而难得求画的人表示"即使这种水平也可以"，那就不如随心信笔，诚实地画出代表自己真实水平的画不就好了吗。

连竹田都能画，我怎么可能画不出来——这就是我的想法。

有人说着自己不懂茶道，不懂茶，反而拿出一副以现代人自居的倨傲姿态。

不经意间碰上喝抹茶的机会，又或是偶然受到喜欢品茶的人的邀请却苦于不知如何回绝的人也挺常见。

我觉得这种人的心境和固执地认定自己不会画画的普遍观念

是一样的。正如面对白色的正方形纸笺，畏惧其传统与形式而无法落笔一样，对茶席的传统和形式敬而远之。

我也是连端茶碗的方法都不知道的野人一个，然而试窥茶之历史和一生风雅的先人的内心，就觉得这种顾虑和令人拘谨的小聪明是多余的。对道法深远之处和礼仪的意义虽然应当怀抱充分的敬意，但风雅精神中更为重要的难道不是保持本色吗？不是舍弃小聪明和拘束吗？不是远离虚饰回归本心吗？我相信这些，如今忙碌而依旧不了解品茶的规矩礼仪，却丝毫没有觉得品茶令人拘谨。能偶然受邀于茶席相见，哪里会将这份好意视作麻烦呢？精通茶道之人与不知茶道的人会聚一堂，放宽眼界看来，依然是世间的一期一会。既然不懂就老实承认，按常识用心品味即可。即使是高人召开的茶会，席间设有出自名匠之手的茶具，只要保持平常心接受款待就好。品茶的动作如果和我在纸笺中涂写的笔法是同样水准，若不唐突风雅也可将就，用生活常识就能配合上的茶席无论什么人都可享受，亲近享受后才会开始理解茶道的深奥。

最近大众好像也逐渐开始了解茶道，但茶与社会的理念沟通却难说已经真正达成。然而我们的日常起居，家中器具建筑等物，却几乎没有不受茶的影响的东西。茶在我们生活的构架之中，却没有渗透进生活感受，其原因究竟是什么呢？

我想，承继东山、醍醐的未来之新茶道，为了能够划分出崭新的时代，正在等待新的伟大茶人带来道法的曙光。

二

京都或大阪类似的店铺可能多一些，但在东京，街头能让人喝上一口抹茶的似乎只有银座宇治园二层这一家了。

来往街头的各色人等在此围坐桌边交谈，跷着二郎腿，也不摘帽子不脱外套，就着黑陶茶碗，有点笨拙地喝着茶。

我觉得那风景却也是挺好的。从这种地方，不经意间却能感受到茶的味道、未知的味道而令人眼前一亮。

说不喜欢喝茶的人，大部分都是没尝过就嫌弃茶的。问不喜欢茶的人原因，大都不是不喜，而是没有喝过。

像是我父亲，一辈子朝夕不可无茶，却仅限于煎茶，对于抹茶也是不喝就嫌弃的人。

近来我明白了抹茶的美味之处，不经意间就会想到为何没有让父亲理解这份美味的机缘——每次捧起茶碗，我心中就会涌起无奈的悔恨。

我觉得投身茶道者的义务是不拘泥于形式，尽力为茶与生活的交流牵起机缘，相当于佛法中的佛缘。说得风流些，便是希望能有缘分。

道理、形式、反复修行等等，等有缘后再追求也都不迟。即使没有谆谆教导，只要明白了滋味，自然就会去追求这些了。

喝一碗茶要等人将茶碗推过来之类的规矩实在烦人，不过是为了有规矩而立下的规矩——我一开始也曾有这种想法，尤其是在别人面前时，更是讨厌这些规矩。然而近来受了茶中滋味的教化，开始觉得其实并非如此。

请人将茶碗推到面前，说到底是为了在喝茶之前做好与茶融为一体的心理准备。为了让茶的滋味沁入舌中,摒除杂念还是很有必要的。越是生活忙碌的社会人士,越是需要排除杂念。

向茶碗行礼,端起茶碗拿到唇边的过程中,心理准备就做好了,如此就可真切地品味流过舌上的茶的美味了。

而如果像日常喝煎茶或粗茶一样,自然就能明白其间味道的差异了。

因此,近来我不觉得向茶行礼后再饮用是不自然的了。为了品尝其中滋味,无论如何也要用心请人将茶碗推过来才可以。

但是,观察钻研茶道多年的人,便发现他们请人奉茶的过程也太过洗练,太过纯熟,从中已经看不到"发自内心的真实"了。那样的话,和一把抓过茶碗喝也没有区别了。

我觉得东京街头可以多开几家能轻松喝茶的店。宇治园的二层只有粗糙的油毡布和涂着清漆的桌子,如果能再为顾客着想,把环境安排得更舒适一些就更好了。如果经营得当,街边卖抹茶的生意应该能成功。

珍爱闲静时光,于柴门庭院中携清贵好友同乐自然不错,但假装自己是醍醐赏花宴会时街边的卖茶人,在街头装作若无其事,将茶中妙味传授给未知的大众的伟大茶人,在茶人之间就没有一位吗?

我觉得花柳寿美[1]氏的确是大师。忘了是什么时候了,提起茶

---

[1] 花柳寿美(1898—1947),日本舞蹈家。新舞蹈运动的发起人之一。

道，她说"我学习茶道是为了磨炼舞蹈"。说是反省自己的舞蹈，原以为心念已通达全身姿态，却发觉舞蹈之心还未达指尖，又想到为了磨炼这点，茶道是最合适不过的，所以开始学习茶道。

听她这么一说，再看茶道中奉茶点茶时的姿态——尤其是指尖的动作，的确有难以言喻的魅力。寿美氏能察觉到这一点，还想将其融入自己的技艺之中，这种努力正是大师的求道之心。

舞蹈的美是"动"之美，茶道的美是"静"之姿态美。一名女性奉茶，则透过茶能全方位地观察到她的姿态乃至个性。舞蹈、音乐和围棋也是如此，但最为透明的还是茶道。

因为我在《宫本武藏》中写了本阿弥光悦和母亲妙秀尼在冬日郊游席间请路过的武藏品茶的情节，经常有人问我宫本武藏是否曾研习茶道。我可以断言，武藏肯定曾习练茶道，而且还是个中高手。

武藏亲手制作的茶碗或茶勺并没有流传下来，茶书之中也没有他的名字，但武藏晚年在闲暇时以绘画、雕刻、茶道乃至参禅自娱之事，在细川藩的诸多记录中都可找到。

剑与禅几乎是一体的，而禅与茶也是一味。观察武藏遗作的画风，可以看出其中洋溢着松花堂[1]风格的茶味。而且武藏寄寓的细川藩大名中，如幽斋[2]、三斋等连续几代都是以风雅和茶道闻名之人，家中想必也有此氛围。

---

1 松花堂昭乘（1584—1639），日本江户时代初期僧侣、书画家。学习空海书法，创立松花堂流派。

2 细川幽斋（1534—1610），日本织丰时代武将，著名歌人，被视为近世歌学始祖。

武藏的画作究竟属于云谷派还是狩野风格等等，诸如此类的臆测一直不断。按我的想法，当时修炼武艺之人多投宿寺院，而寺院中多收藏有名画，武藏在接触这些作品的过程之中自然有了感悟，并没有拜师学习——正如他的剑道一样，是自己领会而来的特有的流派。

有画家记载说武藏的绘画是学习海北友松[1]，但细观友松的画风，却又难以完全认同。比如武藏所绘布袋图、斗鸡图，其实更接近松花堂风格。

不仅是与光悦的交流，武藏与松花堂的交往也有很多蛛丝马迹，然而因为都是在他流浪的期间，很遗憾并没有确实的史料。

关于武藏的画作，迄今为止有很多讨论，画家传记也都很详尽，但武藏的书法却完全没有得到研究。我倒是觉得书法比绘画更适合了解武藏的性格和为人处世，所以现在我对于他的书法作品更感兴趣。

武藏的书法在其中年至晚年期间有很大的变化。将其书法按系统分类，最初果然还是以中国的古帖为基础。最早期的作品是以宋元前后的风格为主，加上若干大师流的要素。中年作品则能看出松花堂的影响，晚年书法中近卫三藐院[2]的书法风格则非常明显。

比如三藐院独特的扁平的假名"の"字，将双方的文字对照一看，就能明白并非偶然巧合。

---

1 海北友松（1533—1615），日本织丰时代至江户时代初期画家，开创海北派。
2 近卫信尹（1565—1614），日本织丰时代贵族。擅长书画诗歌，开创近卫流书法。

武藏所处的年代，平民想要从近卫家拿到书帖做范本绝非易事。那么，武藏受近卫三藐院书法影响的机缘又是从何而来呢？

问题的答案很简单。因为武藏寄身的细川家自幽斋、三斋以来，与近卫家都十分亲密，所以细川家中三藐院的墨宝一定不少。武藏作为客人，肯定有仔细鉴赏其书帖的机会。

此外，松花堂和三藐院基本可以算是亲戚，武藏如果和松花堂有交流，那么当时他有可能可以直接出入近卫家。

松花堂虽然在当时便被传说是关白丰臣秀次的私生子，对于衣着打扮却是完全不讲究的。从泷之本坊的草庵到近卫家去玩的时候，也穿着脏兮兮的草鞋。我记得曾在某份记录里看到，当时近卫家的侍从对他说"您以后过来时，请至少穿上羽织"。

迄今为止关于松花堂的研究不多。最近知恩院的定庆先生（现在是京大图书馆的井川先生）受托整理近卫家的古文书，调查中新发现的松花堂的信件粗略算来就有五百封。据井川先生讲如果继续调查，应该还能找出二三百封信。

大部分信件都是松花堂写给近卫家的，从中可知松花堂与近卫家关系十分密切。

说起松花堂，今年应该是其三百周年忌（没有调查，但我觉得好像是）。茶道方面松花堂也造诣颇深，然而从来只有光悦和吉野太夫受称颂，未曾听闻缅怀松花堂。不知能否劳烦井川先生办个松花堂忌或者书法展览会。

以前我和星冈的中村君一起探访各地茶室时，记不清是在珍珠庵还是孤蓬庵,看到关得严严实实,有些发潮的小隔扇上留有松花堂优美的墨迹,不禁恍惚呆立直到脚下发凉。

松花堂的品格不逊于当时任何一位人物,其艺术造诣也应获得更多认可。希望与其颇有缘分的茶道中人,能去查一查今年到底是他去世几百周年,为其献上一碗清茶。

直木三十五

现在——凌晨两点二十分的深夜。在帝国大学附属医院内科的一间病房中,我来见亡友直木三十五最后一面。面对这份稿纸,我的手和背脊都是冰凉的。

直木君死了,他是殉身文学而死。同时,他也用生命留下了一份极为悲壮的人生实例之记录。

看到他所处的复杂环境和本人的孤独,再加上其强支病体工作的状态,前辈和朋友们一直给予忠告,他却不听。

他以普通人的体力也难以支撑的劲头一鼓作气干完数量巨大的工作,终于冲到了生命的终点线。

尤其是这几个月中,他与文学的纠葛苦闷和他的死,是用悲壮乃至壮烈都难以形容的燃烧生命之举。而看到他最终难以击败病魔,这几日间缠绵病榻的模样,看到拼搏努力的直木君瘦得脸颊深陷,临终时嘴唇紧咬着白色棉布的模样,我无论如何也忍不住流泪了。

"他该有多么不想死啊。"——虽是无稽之语,却足够侵蚀我软弱的内心。

即使已经神志不清,直木君还是紧握着床的铁栏杆,握得栏杆几乎要弯掉了。他的手做着翻书一样的动作,嘴里说着关于原稿的胡话,眼睛据说三天三夜都没有合上过。借用《南国太平记》的话来讲,这就是意念之窗,意志之风箱。

"正月起我要在《文艺春秋》上写平将门。"

这是过年前他对我说过的话。

前年我在 SUNDAY 还是某本杂志上的随笔中曾经提到想写平将门,直木君看到了就说他也在调查平将门,结果就成了暗中竞争看哪边动作快先着手。

然而一看《文艺春秋》新年号,却没有他的作品,之后见面时问他,告诉我说是:"我从二月号开始写。"

他决不肯说是不写了。我想如果不是重病缠身,他一定已经着手写作。我一方面觉得可惜,另一方面又对他以重病之躯而勤学不辍的意志感到又愧又敬。

以大众文艺的兴起为契机,我与直木君相识已有十年。作为同样辛勤耕耘于文坛的同志,得直木君为友实在令我受益匪浅。如今失去了他,这种感受尤为深切。他对于大众文学而言,是一片广阔的防风林。尤其是面对纯文学的炮火,他总屹立于最前线,作为大众文学之代表,舍身保护身后的战友。

虽然是战友,但对于他傲慢辛辣的言辞和旁若无人的态度,实话说我有时也会觉得不快,暗中想要与之较劲。但是如今回顾起来,便觉得对于延伸至今日的大众文学之成长,他的言辞和行动也都是不可或缺的叱咤与鞭挞。

总是背负着死亡的阴影,屹立在炮火正面的身姿再也不存在于我们的阵营中了。十年来共历艰辛,战壕中的好战友直木三十五啊!

这实在是令人痛悔不已。他肯定很想写平将门、护良亲王、楠三代纪,等等等等,光是我听到的他的腹稿就有五六部大长篇。无止境的创作欲凝聚于他瘦弱的身躯中,与死亡无休止的抗争形成了他不苟言笑的模样。

去医院探望直木君后参加文艺春秋祭的晚上,大佛君喝醉了,变得尤为感伤,一看到我,就扑上来抱住我的脖子,说:

"我们可都要好好保重身体啊。都不要做无谓的工作啊。直木这次恐怕也难挺过来了。有时候虽然想跟他说你真是个笨蛋,但这次是轮到我们努力,不被他笑话了。要好好干啊!"

他流着眼泪,跟我道歉说是喝醉了。然而,若不是十年间共处一条战壕的战友,怎么能理解我们现在的心情呢。大众文学如今的繁荣,表面上看去是直木、大佛、白井、长谷川,这位作者或那位作者独立经营下的成果,但这绝非各自为战的成就,而是个人力量与个人力量的统合。正是因为有互补不足的综合力量,才获得了无数人的支持而形成了繁荣景象。

我们绝不能忘记,直木君强大的个人实力,是归属于全体大众作家的无形之力量和光荣。

因为直木君去世而消逝的东西后继无人,留下了巨大的空位和难以弥补的寂寞。但是,如果让这份缺失成为大众文学中一直惹人注目的事物,将会是我们这些活下来的人巨大的耻辱。

(昭和九年)

四十雀舌

有"四四之金"名号的金子是黄金中的极品,所谓纯金中的纯金。享保年间幕府曾下令铸造金座,但恐怕并没作为通用金在市场中流通。

为什么叫四四之金呢?是因为把甲州金中山吹色四十八文目八分的金币再加以精铸,精炼成四十四文目而得名。然而纯度高说起来虽然好听,却不适于实际社会的使用需求。其实人也是要有点杂质才能派上用场。无论是14K金还是9K金都好,不太过分的事情就应该相互谅解。即使是镀金的,只要不是很快剥落也就可以了。

之前便常听人说人生观和兴趣爱好到了四十岁就会自然变得不同,但这也不是说年龄一满四十岁,自身就立刻会彻底改变吧——我三十来岁的时候,也曾这样嘲笑过四十岁。

然而,不知不觉间自己也过了四十岁,回顾过去,便发现三十岁的心境和四十岁的心境的确有明显的变化。不得不承认自身的个性有了划时代的变化。

对国家的看法和对社会的思考有变化,而在喝一杯酒乃至欣赏女性的态度上也有变化。终于有点明白人和社会究竟是怎么一回事了。对于过去各个时期自身的样貌,都会发现幼稚之处。我想,四十大概就是人快要"成人"的时候。

四十来岁的人,碰上某些挫折便经常会叹气,说些"我也这把年纪了"之类的话。日本人中这种观念尤为强烈。

拙作《松廼家露八》中有青年时代的涩泽荣一[1]登场,为了写作这一部分,我调查了涩泽老先生的生平。当时偶然联想到自己的年纪,便好奇涩泽先生四十岁时究竟在做什么。结果一看之下才知,虽是一代伟人,但涩泽先生四十岁前后时还完全没干出像样的事业。他在静冈筹备建设商业会所却彻底失败,弄出了放火打砸的骚动,回到东京后靠着一桥家的关系参与古河家的财政事务,又考虑投机铁路业,正是艰苦奋斗的时期。

直到快五十岁了,涩泽先生还是没有干出什么大事。然而等到六十至七十岁的时期,老先生的事业便如百花争艳一般,开始纷纷大放光彩。而世人真正认可老先生的人品及事业,恐怕是他八十左右的时候了。如果老先生的生涯终结于四十或五十岁前后,那么今天也不会有任何人记得住涩泽荣一的名字了。人们至多会说——那个人,是个挺能吹的骗子来着。

古人云"三十而立,四十不惑",然而却也有做不到的时候。

---

[1] 涩泽荣一(1840—1931),日本明治大正时期实业家。致力于日本第一国立银行、王子造纸、日本铁道等多家银行与企业的创立。

这才是人,才是人生。对于我等凡人而言,我想说我们是:四十初惑。

四十岁是终于开始明白事理,开始理解世间,同时又抱有困惑的年纪。

佐久间象山说"吾二十而知家乡,三十而知国家,四十而知五十州",却没有说自己不惑。应该是他本人也明白自己没有资格这么说。象山五十几岁时曾偷偷写信给沓野村一位名主,说生孩子是为了家族和国家,还请帮忙物色容貌美丽性格端方的女子。结果一不小心,这封信在信州的世家中保存至今。

千叶胤明先生应该有七十二三岁了,然而田中光显老先生提到他时,却经常说那个年轻人如何如何。田中先生今年已经九十有余,估计是按以前自己五六十岁时的感觉说千叶先生。而我们这些与千叶先生交谈的四十几岁的人,在他眼里和小孩子并没有两样。

与十四五岁便举行成人礼,开始担负成年人责任的时代相比,现代人的三十岁四十岁,有的只是小聪明,却来不及充实内在。但是过了四十之后就是正式的人生岁月了。所以,四十的哲学,首先要从保持健康的方法讲起。如果无视健康,四十之后的妙味就无从讲起了。

当然,如古人云一般,做到三十而立四十不惑的伟人也是不胜枚举。

想想吉田松阴、桥本景岳的功绩与当时的年龄,吾等不得不羞愧而死了。大石良雄应该也只有四十二三岁。

然而，令人欣慰的是也有如源三位赖政这样年过六旬而败战的老将军，有像志贺寺上人[1]那样参透佛理，却不觉间沉迷于路旁鲜花，年逾七十而感叹人生的圣人。

三十岁迷惘，四十岁结婚，五十岁生子，六十岁再婚——终于到了九十岁，也还说"如吾身痴愚，依然不得人生之解，如果死了，就扔到加茂川的河水中吧"。想到如此出门漂泊的亲鸾上人，我们这些人的四十岁，真的不过是才刚懂事——这样说，都觉得愚笨了。

不过，"四"这个数字，不知为何有一种安定感。比起三足的鼎，四脚的器物感觉更稳定。东、南、西、北四天是圆满完整的象征，拜四方是对天地谢恩。

室町政府的侍所称为四殿众，由山名、京极、一色、赤松四家担任。四戒坛是大和东大寺、下野的药师寺、筑前的观音寺、近江的延历寺。朝廷也有四职[2]。其他带四字的事物不胜枚举，但并没有证据能证明四与死相通而在电话号码和医院房间等条目上避讳的人有道理。

首先，过去的日本曾有姓氏被统分为四姓的时代。源、平、藤、橘四姓的起源是佛教经典，看到这些还要避讳四的话，和西洋忌讳十三一样，都是滑稽的迷信。

---

1 《太平记》中的一则故事。讲述志贺寺修行有成的老僧偶然间看到了京极妃子而生爱慕之情的故事。

2 室町时代武家的阶级。幕府中指担当四殿众的四家。

最先来到都市的小鸟是四十雀[1]。没有比四十雀更不认生的小鸟了。人工的鸟巢四十雀也会很快住下。我小时候在缘日经常能看到训练四十雀表演杂技，从神签箱中把占卜纸签衔出来之类的小店，不知现在还有没有了。

四十雀的鸟鸣虽然不好听，但因为吃害虫，对农业生产而言是非常有益的鸟。我们不妨将四十雀来到都市，在人群中的鸣叫当成歌唱人生"从四十岁开始"的声音。而人也应该"从四十岁开始"，成为为文化做出贡献的益鸟。

---

1 即大山雀。

苦彻成珠——
有信馆茶话

有信馆是当代剑道界宗师中山博道先生成长的地方。某天清晨，中山先生进入冷峻的道场，身边围坐着训练后出了一身汗的人们，他啜饮着苦茶讲述的故事断章是这样的——

我的母亲很厉害。至今我还记得，有一次碰上着急的事，我不觉脱口而出："妈，出大事了。"结果母亲对我说："'大事'这个词，除非是亡国了或者主君遭遇不幸，其他时候都不该用。"最近的人，看到附近有小火灾就说出大事，看到水壶中开水冒出来了也说出大事。实在是显得太过度量狭小而寒酸。用得上"大事"这个词的场合，一生之中也没有几次。

非常时期、举国一致、如此种种说辞，政府和记者们念叨着大事大事，这个词用得太过频繁了。结合这点考量，不免觉得如今政府的水平尚不及昔日教育环境中培养出的一名老妇人，令人颇为不安。

我十几岁的时候很是病弱。等到过了二十岁的时候，连医生都说我年寿不永。从那之后我就决心要按照信念活下去。我将信念寄托于剑道，专心修行到勘破生死之烦恼的境地。不知不觉间就活到了三十、四十、五十，身体变得健康了，等到六十岁，便达成了身心统一的坚韧。这也全源自母亲的鞭挞与剑道的恩赐，至今都感激涕零。

说起修行，我有这样一段经历。
我剑道修行小有成就，大致的内容都学到了，开始觉得有必要学居合术，这段经历就是我年轻时热衷修炼居合术时的事。
山形县的北村山郡大仓村中有一间林崎神社。自永禄年间到战国时代，这里都是天童领地，是本邦的居合术——拔刀法——中林崎梦想流之始祖林崎甚助的出生地。
神社祭祀的是流派祖师林崎甚助，由德川时代至今历经四百年仍然存留于乡土间。

我曾抱着一个心愿而闭居神社修行。自然，林崎神社有上述的历史，整个德川时代都有很多立志武术之人在此闭居修行，各自在这间神苑之中，切磋修炼居合术。

我先将闭居修行的期间定为七天。修行开始前的半个月我选择静心安身自在生活。——等到修行的七天之中，则只喝粥和白开水，不眠不休立于神庭，七天七夜不停地重复拔刀。

嗨——呀。由丹田发力，精心炼就的白刃一闪。每次拔刀，陪同的人就往柱子上划上一道印记。和三十三间堂记录箭数一样，是为了记录拔刀的次数。

我达成了一昼夜拔刀一万一千余次的纪录。手臂发僵，身心疲乏瘫软得如棉花，意识也朦胧了。然而等到子夜两点到四点前后，疲劳便消失得一干二净，仿佛有神力相助。

七天七夜间我拔刀达到了七万五六千次，自觉这一纪录应当是前无古人了。自己尽了全力自不必说，还有神灵相助才达成了此等精进修行和超人式的记录。我这么想着，完成修行的清晨只觉得心满意足，忘记了疲劳。在神前报告完，志满意得地离开拜殿，就打算把自己的纪录记在额堂之上。

然而抬头一看，上面挂着自德川时代以来的众多武术家留下的纪录。我满以为过去的道友们恐怕没有人像自己这么专心努力的了，然而仔细看挂着的纪录——正保某年某国某氏，享保几年某流派的什么人，诸如此类无数前辈们的纪录，便发现有一昼夜间拔刀一万八千次之类的纪录，其中更有数人超过两万次，我这样一万一千次水平的纪录，足有好几十人，<u>丝毫不稀奇</u>。

看到这里，我一下子为自己愚蠢的自负和一瞬间曾抱有的傲慢之情感到羞愧不已，就再次回到神庭叩首参拜。——以这样的心境，怎么能够成为一派的达人呢。面对前人修行的痕迹，我都抬不起头，更不用提神明之前了。

看来，无论什么人，只要自己稍微努了一点力，就容易觉得"我可是做到了如何如何"。无论什么事，这种想法都会阻止人继续上进。从那以后，无论何时，只要觉得自己足够努力而生出懈怠之心，我就会想起自己的前面还有无数远胜自己的人，以此自诫。应该说，只有在感觉已经充分努力之后，还不断上进努力到底的人，才能算是完成了像样的修行的人。

——苦彻成珠。

我将这一句格言写在匾额上，送给别人，自己也总挂在墙上，作为修行之心的指南。苦彻——此事并不局限于剑道修行。人生之路，职业道路，通向理想的道路，所有的路，都是要历经艰辛苦难，之后才能走上光明大道。

青年栖马上

生涯一书生——这是我的生活信条。即使别人开始用"老师""大家"之类的词来称呼自己,本人也要保持自己不过是一介书生的心态,坚持一名书生所有的谦虚与钻研精神。这是我的生活信条,同时又是我的生活态度。

因此,我觉得一辈子都做一名书生的人,是不会有"疲惫""倦怠"等感觉的,与此种词汇应该是绝缘的。

其实我并没有什么不知疲倦的生活方法。所谓告别疲倦的方法,正是不知疲倦的方法。

我的工作方式与其说是按部就班,不如说是自由自在,随心所欲。

诸如只能在早上或者夜里写作,必须在这个房间这张桌子上写作之类的习惯,我是一概没有的。我可以随时随地全身心地投入工作。

这并不是我勉强自己如此，而是遵循生涯一书生的原则，自然地从本质上积累相关的经验和修行。不拘泥于任何事物，自由自在地不断工作，似乎自然而然地又成为不知疲倦的方法。

总是保持立于高山半腰处的心态，同时又有一步一步不断向山顶攀登的决心，这正是生涯一书生的心态，我的心情也总是保持这一状态。

已经到山顶了，这样就算是大功告成了，无论谁说什么都不再有动作。如此则没有可攀登之处，也没有攀登的必要了。如果像这样在小小的山顶上一屁股坐下，那么这个人也就完了，再也不会发展和进步。

余下的，就只有深深的"疲惫"与"倦怠"了。

随时随地工作、学习、游玩。无论何时都可以，无论何处也都可以。总而言之，"享受现在的居处"是我的主义主张，也是我的愿望。

即使去别人看来会说真无聊的地方，我也会从其中发现趣味。无论是山中、海边、都市、乡村、神社、遗迹、大料亭、木屋旅店，我都会找出感兴趣的事物。下雨便喜雨，刮风则乐风，顺应当下，总是能制造出享受身边事物的自己。

努力工作之后就会想要玩到尽兴，而我能玩到尽兴，正是源于这随时随地适应的心态，或许这也是不知疲倦的方法之一。

我经常会离开书桌出门漫步。不仅是完成一件工作后会出门，面对堆积如山的工作，我也会出门。从桌边走开出门去，就能将迄今为止的事物都切离开来，用完全不同的心境创造出完全不同的世界。就能忘掉一切出门散步，抛开一切与友人谈笑间共进晚餐。

这种转换心情的方法在我而言并非勉力为之，总是可以自然轻松地做到。

我们这样的工作，最要紧的便是转换心情。陷入泥沼或是撞到南墙一般无可奈何的困境屡见不鲜。这种时候，首先要做的就是尝试转换心情。

从正面无论如何也无法打通关卡时，就稍微换换心情后试着由侧面迂回。结果，用尽手段也无法突破的关节，轻而易举地便通过了，而有时候难关甚至会不攻自破。

这些诀窍，不仅适用于独自写作，也正适用于人生中的一切事物。

总之，正如伊达政宗的诗中所说，要有"青年栖马上"的气概。总是怀抱纵横奔驰于战场的气魄，朝气蓬勃且活力四射，同时也十分从容。其中就再无半分"疲惫"和"倦怠"了。

窗边杂草

心中的母亲

母亲去世至今已经有十七年了,我却丝毫没有实感。因为,我心中从未有一天忘记过母亲。

母亲的皮肤很白。生了我们七个孩子,白皙的皮肤上还是一点斑痕都没有。即使是在喂孩子喝芋头粥而自己只能舔盐艰难度日的时候,也没有失掉穿着长裇与紫色裤裙长大的山手的姑娘——明治姑娘——的优雅品格。

母亲是于芝新钱座创立了海军学校的近藤真琴的侄女,当时学校宿舍中梦想建设未来日本海军的年轻人就叫她"阿几姑娘",恐怕是觉得母亲那种明治女孩式的羞涩有意思。

母亲曾经收到宿舍中一位小伙子悄悄送来的花簪,却不敢扔也不敢戴,三天都没吃下饭。明治的女孩就是这么胆小,与社交和恋爱都隔得很远。——不要说恋爱了,嫁给父亲,有了许多孩子之后,母亲一辈子也都只看过一次戏,就在木挽町的包厢中待过一天。

因此一提到戏，母亲讲的就总是梅王松王樱丸。连团十郎是什么，菊五郎是什么都不知道。我们这些小孩一说起看戏，就会抢在母亲前面说出梅王松王樱丸，如此来逗弄她。母亲被孩子开着玩笑，却也承认自己不谙世故，和我们一起笑着，一点也没有懊恼的样子。

一面支持着父亲于横滨这样沉浮不定变动剧烈的开放港口生存，一面养育着许多孩子，即使以孩子的眼光看来，也看得出母亲年年消瘦，牙也不好了。因为家计窘迫，总是不能去看牙医，而小孩子们看到母亲说话时摇晃的门牙，却又拍着手笑了。

即使我已经过了二十岁，母亲抓到我从外面回来，还是会拿毛巾给我擦脚。我学会夜里出门游玩后，冬天的深夜悄悄回到家里，棉被里也有母亲放好的暖炉。

不过，这样温柔的母亲，也有两次让我觉得非常可怕。一次是在夏天。当时正是整日热得人精疲力竭的时候，傍晚的阵雨沛然而下，我已经年纪不小，却还像是个孩子一般，光着身子就冲到院子里，从头到脚淋着暴雨，兴奋地喊着：

"冲澡了，冲澡了。"

正在午睡的母亲抬头看到院子，也不穿鞋就冲到大雨中，像是抱婴儿一样，一把抓住我的手将我拽回了屋里，说着：

"傻瓜，傻瓜，傻瓜。"

对着我的屁股打了好几下。又跟我说你不知道被雨淋到对身体不好吗，就这样将年近三十的我教训了一顿。

还有一次是母亲去世的夜里。我们兄弟姐妹都聚在母亲的床头，各自脸上泪痕未干，看着母亲苍白的面孔，安抚她临终的呼吸。母亲挨个摸着七个孩子的手，最后把我的手紧紧按在自己瘦得肋骨凸出的胸口,告诉我们说大家要相亲相爱好好生活。

见到母亲看着孩子时的暗淡眼眸,我似乎明白了什么是对生命的执着。我想,母亲一定是很不愿死的。她痛苦地喘着气,呼吸很浅。我心中涌起了对宗教一知半解的期待,便在母亲耳边说道:

"妈,你看见极乐世界了吧。你辛苦了这么久,佛祖肯定会把你接到极乐世界的。"

于是,母亲就用仅剩下的一口气,平静地说道:

"别说废话。"

我像是挨了打,一时间动弹不得,我觉得被母亲训了。母亲直到最后,还用手抚慰着我,仿佛是在说"可怜的孩子,身体又弱",就这样闭上了双眼。

母亲的这两次训话,令我至今难以忘怀。在横滨扫过墓,除过墓前的杂草后,我和弟弟们约定:

"这段时间找个暖和的日子,我们把妈妈过去的信件分拣一下,各自保存一封怎么样?不妨把信装裱起来,挂在书斋的墙上。"

然而这十多年来,我连那样悠闲而温暖的半天都没有。我的书斋的短册夹子在别人看不到的地方,我就挂上一首短歌,算是为自己辩解:

疏忽父母忌,笔耕仍不辍。唯愿人安息,为当好儿孙。

(昭和十二年)

幸为男儿身

按照康德的说法，纯粹的男性是创造力的化身，而纯粹的女性则必须是生殖与母爱的化身。

如果这是真的，那么男性怀抱的幸福感与女性感受到幸福的状况有本质的差异，就越发理所应当了。菖蒲太刀[1]佩腰间，幸为男儿身——这样的自吹自擂其实不过是同性间夸张共鸣的说法。要让女性发言，那应该可以说"战争，幸为女儿身"。

"战争"改为"生活"也可以。如果嫌不够风雅，那么说"鬼灯"或"春雨"亦可。无论冠以岁时记中的哪个题目，似乎都可联系至女性的幸福感。简单说来，就是女性于女性的世界，男性于男性的世界，两者都不过是知晓自己知道的幸福而已。人有两种，一是男性，一是女性。比较二者，却说什么幸为男儿身，实在太过自命不凡了。

---

[1] 日本端午节时男孩佩带的由菖蒲叶捆成太刀形状的饰物。

女性常说的"下辈子想做个男人"之类的牢骚话，听的时候如果当真可就错了。越是说这种话的女人，越是恶毒贪婪地行使着女性的特权。即使如此也还不知餍足，连男性生活的权利都要拿来肆意妄为——都是些这样的胡话。如果那女性已为人妻，那么她一定只看到了丈夫生活愉快顺遂的一面，对于其社会生活惨淡的一面和创业的痛苦则完全无视，即使看到了也没有丝毫同情之意。

人都背负着生为男性或女性的宿命，然而人又很明白该如何认命。打个比方，应该没有人会对着镜子看自己的脸看到入迷，但若说可以将其随意替换成其他何等高级的脸，也绝不会有所谓愿意换的脸。无论长得多丑，自己的脸如果不是自己的，那么任谁都会觉得难以接受。而正因为人有这样的特性，为了让男性女性在宿命之中不至于抱有遗憾，神明才赐予我们自负这一特质。

男性不需要香粉和润肤油等皮肤的涂料，因此到了夏天，便忘记了自己清凉、单纯、爽利而干净，无论怎么看都通风良好的打扮，眺望着女性的纠结，视其为可怜可爱的美。夏天的确是当男性比较好。

女性如果想了解男性感受到的夏天的爽快与单纯，就需要抛弃烦琐的化妆带来的美。胭脂、口红、润肤油、香粉、衣服上多余的装饰，全部都要从肌肤上舍弃。然而，这样的日子，对于地球上的女性而言恐怕是永远都不会到来。

西式服装大大促进了女性在夏日中的解放，但若是为了穿西式服装而要烫卷发、涂指甲油、脚踏高跟鞋行走在灼热的大地上，那么还不如让和服的衣襟飘在风中，即使束带比较厚，那样子在男性看来都还感觉好受些。就这一点而言，江户时代光着脚，洗完头后披散着头发的女性其实在文化意义上才是极为大胆的。平安时代的女性虽然在绘画中被表现为优雅婉约的形象，但当时一到夏天，路旁便随处都倒伏着死于疫病痢疾者的尸体，由这种卫生状况也可想见女性的化妆及清洁程度如何。可以想象到她们烦热妆容的汗水闷在发根和皮肤的样子，与今天人们飒爽的夏季身姿恐怕难以相提并论。

估计熏香流行的原因也在于此。现代男性用香水，基本就等于在说自己不干净或有异味。男性皮肤的毛孔中，连灰尘的气息都不该有，所谓水洗的皮肤最好。我觉得，不用熏香也不用香袋的真正无妆肌肤只有男性才能拥有。女性为了美而无法用肌肤直接感受新绿时节清晨的微风和夏日凉风，由我们看来，实在是值得同情。

这些问题也都是细枝末节。正如池鱼不知海水滋味，人正好有适应界限之中事物的习性。话虽如此，到了思想的世界之中，对于女性我是越发抱有怜悯之情了。这点连释尊都认为是难以解救而将男女区别了开来。后世我等凡俗之人，无论如何奉献救济女性的诚意，无论女性自身如何进步而尝试打破文化的界限，在我们看来，女性的幸福却一点也没有变多。倒不如说女性生活进步的情形反而播下了更多造成女性不幸的种子，观察近代世间情态，可以发现女性不幸的花朵错杂开放于属于男性的耕地上。

对于女性，我想下一个定义，不知是否会显得不逊：

女性的想象力所能触及的天地，远比男性要狭窄。

无论是哪位有知识渊博之誉的女性，观察之下都让人有这种感觉。诸如闺阁诗人、女性作家之类，越是自由表现自己思想之人，越是令人感觉到这种界限，同时也使人更清晰地认识到其想象的边界远比男性的世界要狭隘。

如果夺走人类的想象，那么地球的面积也就仅限于其本身了。正是因为有想象力的飞跃，人类才能自由地大口呼吸生活。想象力所及范围狭窄的女性，即使同样为人，不说比男性不幸，也可以说其幸福的规模比男性要小。不过，看看女性可以全身心投入恋爱的模样，其中肯定也有男性难以想见而甘美醉人的菩提境界。说到底，无论用什么来做比较，所谓"幸为男儿身"的自大观念，也不过是最为自负的男性之间才能理解的说法，企图以此说法令女性觉得真心羡慕是很困难的。

说到自负，男性有一点好处便是可以享受孤独之乐趣。若有幸遇到好的女性，男性的幸福自然是可以最大化，但碰到其他状况，比如说妻子不合适或者不得不独身时，身为男性也可以将艺术或事业作为人生寄托，又或是托身于大自然，总之无论在何种形式中，都可寻找到相当充实的生命过程。于生活之中，也可相当奔放自由。若是女性，却无论如何也办不到。孩子、丈夫、恋人，至少也要有对家人的爱——若非与这些事物有联系，生活中就没有滋味。即使是独自寻找乐趣，女性也没有男性拥有的社会组织。

在夏日凉风吹拂的榻榻米上舒展四肢午睡的愉快之感，女性和男性的享受方式都是不同的。但是，男性傲慢的自由与奔放，其实正对应其在社会上忍耐劳苦的一面。哪怕是面对属于自己的男性，能真正了解这点的女性究竟又有几人呢？

女人

虽然还算不上是流行,然而最近有时能看到宴会间的艺伎中有人戴着似青似紫,却又发着彩虹般奇异色泽的发夹或衣带夹。一问之下,说是埃塞俄比亚产的蝴蝶翅膀。估计也不一定就是埃塞俄比亚产,但的确是把热带地区产的蝴蝶翅膀压在玻璃之中制成的绚丽工艺品。这个国家对社会情势缺乏关心十分迟钝,不料艺伎的秀发间却展露出国际时局,令人吃惊于这种无意识之下的关切。

我每次去水果茶饮点,都觉得日本的姑娘和日本的水果一年比一年更漂亮。女性之美与水果之美(味道要另论)足以算作这个国家震惊世纪的科技发展成果,的确是近代人投入努力的艺术产业。然而,或许是因为产业精神间缺少了一点区别,导致近代女性给人的感觉很像水果,近代的水果却又太像女性,两者都在逐渐变成脱离大地乳汁滋养的手工艺品。打个比方,如果观察往来于银座街区的女性,将其身影装进果盘,那么便有枇杷、蜜瓜、麝香葡萄、水蜜桃、梨、胡桃、黄苹果等种类，总之无论哪个女人，都和某种水果相似。如果让西鹤笔下的世之介[1]去银座街头，他一定会哀叹这些风味不过是水果宾治酒。

某位实业家醉酒后曾吟咏戏作，说"吾等早生二十年"，多半是在感叹近代女性之美对于自己只能是视觉享受，因而觉得不满。旁人则不断劝解说你还是知足吧，你会这么叹息，是因为知道明治大正年间的高地髻发型，知道和原油味道一般难闻的发油，见过穿着臃肿的夹棉羽织的女人。现在的年轻男性没法做出这种比较，现代女性美的显著进步在他们眼中看来也和你不一样。所以说，等现在的年轻人到了你这个年纪，肯定也会发出同样的叹息。说这种话安慰实业家的，也都是五十四五岁前后的男性。

胭脂与眉黛很早便用于修饰妇女的面容，但香粉又是从什么时期开始使用的呢？我这样想着，查阅了《古事类苑》《女妆考》等杂书，却不见记载只得作罢。江户幕府开府的庆长末年出现了公共浴室，当时民众都觉得新奇。暂且不论贵族士绅的女子，估计过去平民女性是相当脏污的。平安时代的女性也与文学和绘画中表现出的形象不同，光以如今对牙齿、头发、指甲等部位的卫生要求来看，现代人觉得难以靠近的肮脏状态，她们应该也是安然处之。

我觉得女性变漂亮，最大的变化还是在江户时代。元禄时期男女化同样的妆的风气还很盛，女性明确确立自身独有的美，应该说是在浮世绘画家关注这一点而开始取材的江户中期之后。

明治至大正时期的女性对于美的努力比较懈怠，可以说反映

---

[1] 井原西鹤著《好色一代男》的主人公。

出女性生活态度的迟钝。与只是将传统与进口事物交杂而成的文化茫茫然穿上或戴到头上的昔日女性相比，现代女性的自我表现之自觉实在是有了令人惊讶的进步，因此其生存也变得越发艰难。生存竞争的激烈导致女性美的发展，女性之美也是产业。

我有一段小时候的记忆。

那时我还是个小儿，被保姆或是女佣背在背上，有一个年轻女子（当然我已经记不清她究竟长得如何，是不是美人，只约略觉得是个年轻的人）靠到跟前，一边用手指戳着我的脸颊逗我，一边这样说（当然不是对我说，是对背着我的人）：

"小宝宝身上的奶味儿真是好闻呢。"

当时我肯定还在吃母乳，最多也就是两三岁大，不知为何至今都还清楚地记着她说的话。不仅是言语，当时周围的样子也还模糊地记得，旁边有矮石墙，石阶上有一般人家的门，门中有墙壁刷成黑色的房子和蓝色涂料涂成的西洋式窗户。二十岁前后时，我忽然想起这件事，就去问母亲，母亲告诉我说："那是横滨猿坂的房子，背着你的一定是本牧渔民家出身的女佣。"

我实在没好意思跟母亲说，在我心中对女性印象的最初认识，便源于蓝色窗户和石阶之下，说着"小宝宝身上的奶味儿真是好闻呢"的那位女子。自己有了孩子后就忘了，想起来却有些可怕，不知道是不是所有人都有这么小的时候的记忆。

我还记得小时候在银座街区坐铁道马车的事。当时我穿着窄袖黑色和服礼服和裤裙，六岁。那天在上野的竹台有全国小学生推荐书籍展览会，我选的书入选了，就从横滨去了东京。一起去的还有校长和女生组的加藤某某子的母亲。现在回想起来，那个女生的母亲梳着晚宴卷发，像是一名贵妇，很美。因为马车中拥挤，她便把我抱在膝盖上。从新桥到上野的路远得令人犯困，而我因为她身上的香气和肌肤的触感而更觉难受。我莫名地觉得很羞耻，好几次想要站起来，然而她却亲切地抱着我没有撒手。从乘客身影的缝隙间不时能看到对面的校长的双眼，我不知为何便涨红了脸。如今回想起来，与之前的记忆相比，这个时候我已经理解女性是什么了。

我没有谈过像样的恋爱。我背负了一家人惨淡的家计，来不及恋爱便过了青春年华。等到差不多完成使命，家境开始好转之时，就又不管不顾地冲进了如今的文学道路。别人常问我的初恋如何，说实话找遍青年时代也是没有的。一定要说的话，只能拿出小学时代淡淡的回忆了。那时我上小学四年级，时事新报社出版的《少年》杂志上刊登了我投稿入选的作文。而作文旁边则印着和我同校，同样入选了的女生的作文。我读了那名女生的作文，一下子便喜欢上了她。我家和她家住得很近，即使没什么事，我也总是特意从她家的门前经过。一次，因为是要路过她家，我就抢了女佣的差事自己去。我手里拿着葱和牛肉走在路上，却看见喜欢的女生和貌似她母亲的女性穿得漂漂亮亮的由对面过来了。我不知为什么就把牛肉和葱扔到了旁边的草丛里，和她们点头打了个招呼擦肩而过。之后我去取回牛肉时却碰上狗冲我叫，吓得我落荒而逃。

朋友们都进了中学时，我却穿上了职工制服，踏着草鞋，变得宁可绕路也不从喜欢的女生家门前经过。然而运气不佳，经常能遇见她上下学，我只有慌忙躲进旁边的小路。从那以后，我对于恋爱似乎就变得十分自卑了。自然，这与我直到将近三十岁都还有一位严格到不能在其面前提"恋爱"这种词的父亲，也是有关系的。

之前曾经有本杂志问过不太聪明的问题，又刊登了明信片征集的回答：你觉得何处是女性之美的焦点？对此，所谓社会名流的审美基本都集中在眼睛、腿、知性美、身体曲线等大众化的地方。我想了想自己看什么地方比较多，发现和一般男性关注的地方也并无差别。

不过，我在视觉上对于女性的耳朵比较敏感。构成人相貌的部件之中，耳朵是最原始的，正因为如此，如果太大或不干净，或形状不好看，那么对于女性虽然有些失礼，我就是会感到很厌烦。中国的美女自古就将耳环视作装饰品中尤为重要的东西，的确是有道理的。日本自飞鸟时代就有戴耳环的风气，西方世界里黑人也戴耳环，现代人却不太戴。我想了想其中原因，觉得这也颇有道理。在耳朵上挂上耳环，反而会将别人的注意力吸引到耳朵上，会产生相反的效果。所以给耳朵化妆不可颜色太浓，男性先不论，女性的耳朵保持让旁人注意不到的程度就好。

我去年在平泉的中尊寺看到了天平佛像的人肌观音，其耳朵的美让我难以忘怀。看到那样栩栩如生的佛像，就会觉得仿佛可以感受到生活于千年之前的佳人之呼吸。都说佛像和绘画代表的是那个时代的美人，但早期浮世绘中又兵卫[1]的美人，怎么看都觉得丑。光起、光隆等人所画的后宫生活中的女性，以现代人的眼光看来也是不及格的，即使尝试用观赏空想中的美人的视点去看，

---

1 岩佐又兵卫（1578—1650），日本江户时代初期画家。所绘人物形状夸张，富于动感。

也有很多形象令人无论如何也难以理解为什么当时的人会喜欢这种类型的女子。现代画家远胜古人的一点就是描绘女性之美。南画、大和绘，乃至其他所有日本画的流派，当今的水平与古人之足迹相比，难说有很大进步，但在描绘女性这点上，可以说现代的画家比之前任何时代都捕捉到了女性之美。

自然，这其中有符合现代人审美观的部分。现下的美人画到了五十年后，也不知会被怎样看待。如电影明星之类，到了三十年后，可能也会被那时的人视为滑稽可笑，诧异为何这样的女演员会受欢迎。此前杂志编辑把志贺晓子小姐带来让我看，请我写推荐文章，当时我不知该从何处发现这位女演员的美，难以动笔。然而之后志贺的确在电影银幕上大受欢迎，令我颇感意外。看来，我们的目光与现代人的喜好相比，已经是略微过时了。

然而，喜好是主观问题，总是可以坚持个人主张，如上文那样的抱怨也都是可以说的。比如直木的三名情人都是一个类型，三人长得好似姐妹一般；虽然还不到一说起来就会有"对对，就是那样"的反应，同辈间对菊池的喜好也都有普遍认识。看插画家笔下的女性，无论哪位画家，都画不出两种类型的美人，估计男性的喜好都是如直线般单纯。某次与村松梢风同行时，他还曾举出各种具体例子认真向我说明这种喜好也会随年龄阶梯而变化，但这好像也并不都对，像我这样的人，我被狗抢走牛肉时的那位初恋？[1]女性的类型，至今都是我喜欢的。无论是三十岁还是四十岁，喜好都不受任何变化影响。不过，我青年时觉得弱不禁风的女性很美，之后逐渐开始理解健康的小麦色肌肤之美，这点

---

[1] 原文在这里直接打了一个问号。

可以说是唯一的变化。作为原则，我从小难以将给人以强烈压迫感的女子视为女性。早一点的如三浦环[1]，现在则是吉屋信子[2]女士。

关东大地震前，我还是报纸记者的时候，为了写《彩女人国记》，有段时间曾经天天去采访女性，深深地觉得有名却又是美人的女性是不存在的。不过，朱叶会同人的年轻的津轻伯爵夫人和一位名叫白鸠银子的女性颇为端庄美丽。白鸠女士是山梨半造的侄女，当时谣传说她与近邻永井荷风[3]终于有了夜里往来的关系。我借来这位女士的照片后放在了编辑的书桌上，结果不知何时被人拿走了，没法物归原主。之后白鸠女士频繁催促我归还，令人十分为难。她虽然是漂亮得有人会偷照片的美人，说话却颇为刻薄，完全不理会我的解释。因为对方是这种女性，若是被她以为是我自己藏起来不还给她，那可是天大的误会，我费心找犯人找了好几天，终归没有找到。

那一阵我拜访过今井邦子女士，记得好像曾经把腿伸进暖炉被子里，在被子上面写谈话笔记。最近在某处看到她时觉得变化很大。我过去的记忆中留有的印象是她很漂亮。

虽然有点多管闲事，但我觉得三上於菟吉应该对时雨[4]女士更温柔（这个词不太准确，暂时用一下）一些。数年前他在河岸边的家中吟咏的万叶调戏作和歌，当时我单纯从和歌的观点去看，觉得痛快至极，应称他为一条好汉。然而随着我逐渐理解自己的

---

1 三浦环（1884—1946），日本女高音歌剧演唱家。以饰演《蝴蝶夫人》中的女主角而闻名。
2 吉屋信子（1896—1973），日本小说家。作品多描写女性间的友情、爱情。
3 永井荷风（1879—1959），日本小说家。早期倾向自然主义，后转向唯美主义。
4 长谷川时雨（1879—1941），日本剧作家。创办《女人艺术》杂志。

妻子，也就开始觉得对那首和歌产生共鸣的自己实在浅薄愚蠢。听说之后三上戒了酒，却没见他重新为妻子作诗。与此相比，时雨女士为妇女俱乐部的"一人一话"提供的短篇中，描写独居女性为被风吹坏的柳树枝条系上支架，一边又担心丈夫手臂的伤也需要现在做手术，其中展露的愁情足以令其他男士感到艳羡。众多女性作家之中，举止优雅而能文学家庭兼顾，已经是少有的了。即使在将来，能做到调和古典教养之美、谦虚谨慎、优雅以及家庭生活的女性，应该也是不多的。如果三上不想再写作出版，找个安闲之处自在生活以读书为乐，将三上比作大雅，他那位夫人可以成为玉兰夫人一般的人物。而如果三上全身心地投入文学，那么她也能成为侍奉梁川星岩[1]的红兰夫人一般的人物（我是这么想的）。三上之前有一段时期曾依靠将女性视为恶魔而发掘自身文学，且又是按大家少爷对世间的理解和个人哲学要求女性的自私男人，所以不明白时雨女士的好处。但认为时雨女士是实际生活中难得一见的优秀女性，却并非我个人之意见，三上的朋友们也是这么说的。秋夜饮一盏苦酒，却也要记得庭中柳枝有不折之时。

小岛政二郎[2]曾经跟我说过这样一件事。不知是在何处，小岛对着菊池宽，问他说："如果有下辈子，就你目前知道的范围内，你愿意娶谁做妻子？"结果，菊池宽毫不犹豫地回答道："哎呀，那还用说，当然是我现在的老婆啊。"

小岛跟我说着这件事，念叨着"这算是什么啊"，一副又是羡慕又有些生气的表情。我想，听到这件事而不羡慕这样的夫妇

---

[1] 梁川星岩（1789—1858），日本江户末期汉诗诗人。于江户开设玉池吟社。
[2] 小岛政二郎（1894—1994），日本小说家、随笔作家。曾参与编辑《三田文学》。

的丈夫和妻子,在如今是很少的。我听净琉璃中说过夫妇为二世缘分,但从有信念的人口中听到这种话,菊池宽还是头一位。

女性虽然有单纯的喜好,但在选择怎样的男性这点上,无论是恋爱还是结婚,恐怕都没有明确的信念。自然,这样肤浅缺乏证据的说辞,立刻就会遭到女性反对抗议,然而我就是觉得,与男性相比,女性的想象力局限在远为狭窄的范围之内。

比如说,将还没出名,正在失业的川口松太郎[1]和菊池宽放到一起让女性来选,我估计十个人里十个都会选川口松太郎。越是知识女性,越会给川口加分。女性的评分中,有很多对于男性而言是弱点的地方却会获得加分。见过众多男性的女服务员反而不懂男人,艺伎等到上了年纪才逐渐明白自己的付出其实不值当。

我觉得,女性从最初便追求能完全属于自己的男人,所以会搞错。把终身托付给会把一切都投入恋爱中的男人本来就十分危险,即使能够找到完全属于女性的男人(虽然实际上是绝不可能的),那对于女性的幸福感又能算是什么呢。

按康德的说法,男性是创造欲望和事业欲望的化身。即使没到那种程度,将大脑的三分之一用于恋爱的男性,又或者是只将相见的短暂时间完全奉献给女性,转身面向社会时便将女性忘得一干二净的男性中,真正的男人反而比较多。这一点,女性恐怕是看漏了。

有些男性太过出色,乍看之下令人觉得以女性之意志难以使其完全归属于个人。实际生活之中,让这种男性在短期内归属于自己的幸福,才是女性必须追寻的充实感。

---

[1] 川口松太郎(1899—1985),日本小说家、剧作家。

会轻易留在公寓中的男人，或者以前那种总想要待在火盆前的男人，即使令其完全从属于自己，女人也很快就会厌倦。事实明明如此，面对选择，却在无意识间将能否归属自己当作条件的人实在是不少。

虽然表面的历史记载中几乎没有登场，但幕末维新的基底之中，女性也贡献了相当多的力量。我觉得这些贡献应当获得承认。因为女性不愿抛头露面，甘于做内助、背后之人，所以只有诸如奥村五百子、野村望东尼，乃至祗园侠妓之类的女性的事迹流传了一点下来，但无数牺牲志士的母亲与爱人们的苦衷，想必是远远超过留名青史之人的。

当时抱有朝生暮死觉悟的青年们自然也有恋爱。在那种状况下，女性反而需要比男性更坚强，否则也没法在那样的乱世中恋爱了。木户松菊和几松（即木户孝允与其妻木户松子）的例子正是如此，其他的祗园艺伎们展现的热情也远超其职业范围。青年们的身后，总有这样社会上的女性或是纯情恋人的视线，仅此一点，便令他们的正义信念不知变强了多少。即使不是幕末志士一般危险的营生，女性的视线也总能令男性力量大增。

下面这个故事，是我在维新历史的逸事中最喜欢的一个。当时天忠组[1]决定在大和十津川起义，向四方发布檄文，藤本津之助（铁石）之前曾受淡路岛的富商古东领左卫门的帮助，托他的关系将一名恋人（姓名不详）藏在了岛上。这次，藤本因为抱有必死的决心，便前去见这位恋人。到了要出发的早上，那名女子终于还是慌乱了，求着藤本将自己也带上，说是让做什么都可以。

---

1 即天诛组，是幕末之际以公卿中山忠光为主将，由尊皇攘夷志士组成的武装集团。在大和国举兵，但是受到幕府军的围剿而全军覆没（天诛组之变）。

于是，藤本说"好"，女子高兴地笑了，却听他接着说："不过，是这样带你去。"一边说着，一边把手指戳进女子的梳妆台上放着的香粉壶里，蘸了一点香粉涂到自己的鼻尖上。

"你看，这样一来，你的香气在我身上，不就和两个人走在一起一样吗？"藤本这么说着，鼻子上涂着香粉直接出了门。

藤本很快就死在了鸳家口一战之中，其首级被幕府军高悬示众。如果他的鼻尖毛孔上沉淀着豆子大小的白色痕迹，那应该就是当时的香粉了。这种男性虽然令女性苦恼，然而仅凭这一段故事，便可以保证如果藤本活了下来，他必定是不会让那位女子不幸的男人。

女性展露出比男性伟大的一面，果然还是在母性上尤为明显。如源信和尚[1]之母，与其说为母天性如何，不如说其智慧品德绝高。源信受朝廷召集入宫后，将自己的荣誉告知故乡母亲，母亲却回答说：

"你难逃俗世窠臼，贪图声名财货，着实令人可惜。"

如此嘲笑儿子的傲慢，又说：

"死后可记得要让佛祖称赞你啊。"

这段故事实在振聋发聩，令人诧异于女性居然能怀抱如此大爱。

赖山阳之母梅飔也做到了常人难以做到的事。在赖山阳出生的两三年前，她便开始记日记，又因为山阳比母亲先去世，直到儿子去世十一年后，长寿的梅飔都一直坚持记日记。这是一份共计六十余年间，一天都不曾停笔的日记。阅读梅飔日记，会发现

---

[1] 源信和尚（942—1017），日本平安中期天台宗僧人。著有《往生要集》，奠定日本净土宗基础。

其中记录了山阳夜间啼哭而令母亲为难，或是大便颜色不好而令母亲担心。然而此类琐事之外，也有关于山阳年轻时开始游玩放荡，母亲为如何找儿媳而操心之类的事。这份日记完整地记录了一个人的萌芽至长成再到死亡的历程。除了山阳，估计再无人拥有从出生后第一次洗澡到葬礼的记录了。山阳的传记几乎以日谱形式流传下来，这也全仰赖女性这种令人惊讶的毅力。源信和尚的母亲乃至梅飔夫人的爱，都不是短时间内单纯的本能和冲动，所以才伟大。这两个人可以称为女性中的伟人。

尼姑中有很多杰出的女性。与亲鸾曾有恋爱关系的九条兼实之女玉日，其理想与意志就不逊色于现代女性。她身边的确有理解她的人，但在那个时代敢于打破阶级制度，与伴侣一起面对迫害，恐怕比在今天的社会中遭受所有媒体的口诛笔伐还要痛苦。她直到与亲鸾生下七个孩子前都是带发修行，之后则成为慧信尼，致力于宣扬佛法。佛教经典中极度妖魔化女性，随处可见称之为如"夜叉""地狱使者"的文字。然而女性中却出现了诸多著名的尼姑，实在是一种讽刺。

镰仓时期禅宗尼姑之中，不乏令男子瞠目结舌的豪快之人。相模的春慧尼实在是够狠。说狠有些不确切，但着实是一位性格严苛高洁的尼姑。春慧尼三十岁时追随兄长了庵落发出家，因为美貌而遭男子纠缠，她不堪其扰，便用火盆烧坏了自己的脸。即便如此，春慧尼仍以姿容娟丽而闻名，众多镰仓法师之间常有关于她的话题。

某次，春慧尼作为使者前去圆觉寺，一山僧众都按禅门惯例列队在山门迎接，准备进行禅机问答。平日里看不惯春慧尼高傲态度的僧侣们等在山门，都想着今天一定要杀杀她的威风。终于，春慧尼登上石阶，姿态楚楚地出现在山门前，一看到她，一名禅僧就大步上前，突然将自己的法衣下摆高高卷起，大喝一声"老僧之物有三尺"。众人都以为春慧尼会吓得晕倒，却见她微微一笑，也将自己的法衣下摆拉了上来，又接着说"尼姑之物自无底"。结果，和她对峙的禅僧吓得仓皇失措，躲到了队列后面。

春慧尼晚年在最乘寺的山上自己造了柴栅，点火后投身火中圆寂。她的兄长了庵听说后大吃一惊，急忙赶来，忘我地大喊道：

"尼姑啊，热不热，热不热。"

于是，火中便有声音答道：

"修行不足者焉知冷热。"

春慧尼还有很多逸事，与兄长了庵相比，她作为禅门修行者的境界要高出许多的。

婆罗门的圣典之中托神学之名记述了种种有关性爱的知识。禅学中的一部分应该是引进了此类密法的要谛，用于巩固佛学精要。

直到现代，佛教之中最模糊不清的部分依然是女性观和恋爱观。这一领域貌似还未讨论究明形成经典，是未解之题目。

原先佛教之中也有探讨此类问题的性爱经，然而这类经典如果在俗世中被恶意利用，会带来难以估量的危害。传说日本也有舶来的此类经书，但其中一部分被深埋在比睿山地下千尺，另一部分则深深封藏在高野山的秘库之中。

藤原末期天喜年间，有一名叫仁宽的真言僧侣将性爱经取出，在今天机场所在的立川开办道场，宣布一支性爱教派似乎不仅是创说。最近的宗教复兴中兴起的新的类宗教式团体，大都挂着治病的招牌，对于女性问题的探讨却都流于表面。

其实，虽然没有明确提出，但比起宗教家、教育家之流，文学家和记者们实际上在不知不觉间担负了很多有关新时代的女性之路的研讨发掘工作。

这篇文章写成了围绕"女人"这一标题的漫谈随笔。这样的内容无论给什么人看，给何处的女性看，总之是随着兴致，连会让人脸红的东西都写了下来，我也想开了而安然处之。虽然知道不太合适，但我却想再一次坐在那辆铁道马车上随着车摇晃。不过，从两岁至今的四十年间，在我见过且认识的女性之中，连现在身边的人也都算上，如果要问我最为恋慕的女子是哪一位，我只能立刻这样回答：

去世了的妈妈。

（昭和十年）

英雄与女性·恋爱

理性与热情：赖朝和义经

英雄与女性，英雄的浪漫故事。我想，英雄分两种：破坏之英雄与建设之英雄。破坏的英雄末路凄惨，其生涯却绚丽多彩。与之相反，建设的英雄则非常理性，其行动都是为了破坏之后事物的合理化，因此其人物本身都显得乏味。

赖朝与义经二人面对女性的态度正是如此。从政治等方面上可以看出赖朝是非常理性的人，并不冲动热情。他与政子[1]的关系貌似十分浪漫，实际上二人恋爱的动机中也多牵扯着与北条氏相关的政策。而到了后来更是演变成政子控制赖朝的局面，丝毫没有浪漫要素了。

而义经则大不相同。前面提到义经是彻彻底底的破坏式英雄，其使命是在建设新事物之前破坏旧有事物。理性的人无法胜任这样的工作，非得热情冲动之人才能担负。义经的这种热情在恋爱

---

1 北条政子（1157—1225），镰仓幕府初代将军源赖朝之妻。赖朝死后出家为尼，以将军赖家和实朝之母的身份干预幕府政治。史称尼姑将军。

中也体现了出来，因此义经与静的故事也很有诗意。而与义经有纠葛的女子很少，这一点也给我们留下了良好印象。如果女人太多，则沦为好色之徒，令人难以同情。

事业与恋爱：美男子信长

同为破坏式英雄，信长却几乎没有流传下来与女性的浪漫故事。其中原因在于信长此人的生涯都被事业欲望占满了。某种意义上，信长可以说是典型的男性。像他这种男人一旦有了强大的事业欲望，恋爱之类的事情就小到可以忽略不计了。工作对于信长而言一定非常有意思，这样的人要等到事业成就之后，松下一口气，才会变得好色或投身浪漫爱情。然而信长却一直不断地追求事业发展，其征服欲望没有穷尽，结果没到觉得满足的时候就死了。所以，虽然和义经同为破坏式英雄，信长却连恋爱的空闲都没有。也有传说说信长喜爱名为森兰丸的美少年，却也没有任何诗意的故事。

同样是事业欲望旺盛的男性——如幕末志士，虽然出门便会冒着生命危险为国事奔走，当其身处红灯映照的狭小房间时，如果待上两个小时，在这两小时之间就会将自己的全部都交付给恋人。然而信长不要说两小时，恐怕连一个小时的空闲都是没有的。——要知道,他可是在那样短暂的生涯之中做成了那一番事业……

还有一点就是在那种生活状态下,能体验到男女间浪漫关系的机会应该很少。因此像之前提到的与小姓之间的无聊故事也都显得很浪漫了吧……

信长一家的兄弟姐妹,因为血统的缘故而多有俊男美女。信长也很有可能是当时英雄之中最为俊朗的美男子。要说英雄中的美男子,我会最先推举赖朝和信长。而这位美男子信长,很遗憾却没有赚得佳人红泪的机会。

武将的女性观

秀吉也有颇为出色之处。一方面他像个暴君,会用接近于抢的方式将女性据为己有,另一方面,如果女性以弱小无助的姿态任性撒娇,他却会有一种非常宽厚包容的态度,好像在说"好,好,没问题,你想怎样就怎样"。只不过他这种宽厚的态度造成了淀君等非常蛮横任性的人……

秀吉面对女性时表现出的感情非常天真烂漫。比如说他在攻打小田原的阵中写给淀君的信:

"(我回去后)要好好抱抱儿子玩。晚上你得睡在我身边,可要记得等我啊。"

真是十分甜蜜的情书。秀吉估计也没料到这封信会流传到后世。不过,这一封信中便能清楚地看到秀吉为人个性的一个方面。

总之,可以说那个时代的武将的女性观是将女性视为玩物。比如说应仁之乱时,某位姓三好的武将不断接到各种战况报告。明明是说明危险逼近的报告,却在大白天支起帷帐,于帷帐中边抱着女子边听。这与现代的女性观实在是大相径庭。同时,女性的贞操也不能以现代的思考方式来议论。

与女性不沾边的谦信和松阴

我们来尝试想象一下如果拿破仑没有约瑟芬,而义经没有静会是怎样。这两个人的生涯实在很是寂寞,义经尤其显得孤独。就这点而言,也有怎么找都找不到和女性交往记录的英雄人物。一位是战国时代的上杉谦信,另一位是幕末志士吉田松阴。某些书中给出了谦信不娶正妻的理由,然而这样说来至少可以有侧室,却也没有。因此甚至有说法称其有性功能障碍。松阴去世时应该是二十九还是三十岁,在他短暂的生涯中只有一件有浪漫色彩的事。我记得在某本书上读过,书名记不住了。

这件事发生在松阴由野山狱被押送至江户的时候。据说那一天下着小雨,十分寒冷。松阴的学生、亲属、家里的人,都穿着蓑衣戴着斗笠,站在十字路口目送着松阴所坐的囚笼离开。而当时在人群后方,有一名女子一直注视着囚笼慢慢走远——就是这样一个故事。

松阴与女性有关的事件除此之外再无他物。他的诗作文章也完全没有为女性所作的内容。唯一可以略作慰藉的便是这个故事了。细雨绵绵的日子里,一名女子躲在人群阴影中目送其远去——虽然很模糊,但我觉得却是为国士松阴添上了一点人情色彩,抚慰人心的故事。

森田节斋的结婚故事

我们经常会想若是有能与松阴相配的佳人就好了。不过，对于当时的人们而言，女性很可能只是个锦上添花的小配件。无论遇上什么事，总以国事为重——然而，如今的青年却在实际走上社会，为事业奋斗之前便尝试恋爱——因此其恋爱也就很肤浅。我恳切地希望现代的青年们能够在有了真正的事业追求后，或是在接触了社会中的艰辛之后再恋爱。如此一来恋爱也不会肤浅，从中可以获得深刻启发。

在此要插一节闲话。当时有人谈了一场非常有风趣的恋爱，此人就是森田节斋[1]。他出身于大和五条，曾教育十津川乡的子弟。他的恋爱故事令人一想起来便忍不住要微笑。

森田节斋结婚时应该是四十二岁。直到结婚为止，他都一直是童子身，因此在他三十岁前后时，便被议论说是"节斋肯定是

---

[1] 森田节斋（1811—1868），日本幕末儒学家、汉诗诗人。曾师从赖山阳，门下弟子有吉田松阴等人。

有亏欠"。亏欠就是指性功能障碍,然而即使遭人如此议论,他也还是笑眯眯的从来不以为意。某次节斋前去京都,见到了一位名叫藤井竹外的人——就是山阳门下写竹外二十七字诗的作者——说大家闲话说得太多,劝节斋娶个妻子。结果节斋还是不肯答应,显得不太情愿。

之后,节斋有一次去朋友藤泽东畡的学塾玩,却在众多的塾生之中——因为是汉学塾,自然都是男性——发现有一名女子坐在角落,从头到尾听完了讲义。虽然是个屁股大得像米白一样的丑女,听课的样子却着实非常热心。讲义结束后节斋就问"那位女子究竟是何人",东畡回答说"那是我家的女佣",于是节斋就说"真有意思。是女佣的话,今晚我们喝酒时就让我见见她"。当天晚上,女佣斟酒,二人对饮交谈,才发现这名女佣会作诗又会作和歌,是一位学婢。节斋先生心情大好,席间二人便赠答了诗歌。这名女佣,就是日后的节斋夫人,被称为无该女史。当时她作的诗是这样的:

海内文章今属谁,词坛尽称节翁奇。
先生若许执箕帚,半作良人半作师。

"如果您允许,妾身愿做您的弟子,还愿为您打扫房间、补衣、洗衣。"这话说得婉转,却又道破了关键之处,着实有趣。节斋也来了兴致,诗歌赠答往来之间,终于听了别人的劝告而结婚了。这位女子婚后是位好妻子,只是节斋也很明白她容色不佳,所以当藤井竹外写信祝贺他结婚时,节斋的回信写道:

浊酒作酒品，亦有酒滋味。

之后夫妇二人有了孩子，众人纷纷祝贺，结果回信中都有一句：

鬼瓦¹上头也开花。

无该女史的诗颇有妙处。
汉诗原本拘谨刚硬，而她所作的诗中却充满了女子特有的缱绻柔情。

---

1 兽头瓦。日语中有时用于揶揄容貌不佳的女子。

异食癖——清盛与家康

与秀吉相比,家康对待女性的方式总是掺杂了政治关系。他是无意识之间将所有事情都政治化,也就是说生活即政治。并不是专门计算,像是把二加上三算出五的结果,而是心中所想之事不知不觉间就变成了政治。

家康到了晚年,开始找寡妇和女佣之类身份特殊的女人。这并非家康特有的现象,估计是人年过四十,对女性的嗜好就有了变化。尤其是那种处于当时权力巅峰的人物,从年轻时便几乎是想做什么就随时能做到,因为适应了这种环境,所以形成了一种异食癖。清盛那样的不就是异食癖最为明显的例子吗?我觉得,常磐恐怕不是什么美女。带着三个孩子奔波流浪,无论是什么样的女人,一定也都憔悴了,而清盛却由于异食癖而迷恋上了她。后世人觉得常磐能让清盛这等人物为其神魂颠倒,不知该有多美。其实,这点并不能证明常磐是绝世美人。说到底,是清盛的异食癖将常磐变成了美人。

说起美人，其实现在活在我们眼前的女人就是最漂亮的美人。自平安时代、战国时代、室町时代至今，现代正是女性最美的时代。我甚至觉得将来的女性也不会比现在更美了。我以为，女性充分调和内在聪慧与外貌妆容，表现出极致美丽的时代正是现代。

　至于化妆，以前入浴不像现在这样方便，洗头化妆也缺乏材料，总之有很多不便之处。而现代随意就能洗头，用电吹风很快就能吹干头发，还可以烫个卷发。其他诸如香粉、香料、胭脂等物，有些时代也都很缺乏，甚至完全没有。过去的发油也没有像如今这样味道好闻。

　考虑到这些因素，过去女性的姿容肯定是远逊于今日的。身处那种文化中，对于美的标准恐怕也比较低，所以当时的男性应该还是感受到了女性之美，但与今天的美却是不可同日而语了。即使将常磐或静原封不动地带到今天来，若问公司的要人是否会被常磐的美色迷住而赌上身份地位去追求，我想是不太可能的。

幕末志士与恋人

从前最受女人欢迎的就是幕末时期为国事奔走的人，说当时的志士每个人都有两三个女人是没有问题的。可以说，若无爱上女人或被女人爱上的热情，就做不来那样的事业——在此我想郑重强调，男性事业的背后，必定有女性的目光——女性的力量也起到了很大的作用。

提起幕末志士，有关女性的内容只会出现在小故事之中，即使是桂小五郎和几松也不例外——然而女性的力量其实大致可以推动世界变化，从社会、文化乃至国家都可以。幕末志士们于街巷间奔走，是谁在默默守望着他们在生死边缘奋斗的背影呢？令人敬佩的女子在志士背后关注着他们的活动，这一点不知激发出志士们的多少活力和英雄气概。若换成男子来关注，是绝对无法达到那个程度的。英雄气概这一点着实被激发到了极限，因此我觉得英雄气概的原动力其实是女性的力量。

比如说演习的时候，国道上卡车满载士兵而去，道路两旁都是女子会的年轻姑娘，挥着旗子摆着手欢送士兵。这样一来，卡车上也会响起"呜哇——"的欢呼声，士兵们挥动手中的枪致意，就这样向演习场所前进。战争时也是如此，有了女性的期待，男人就会觉得"成，就挨一枪有何妨"。女性的力量影响着男性工作时微妙的心理，有女性在关注是一件大事。即使是貌似已经热情不在的妻子们，其视线也很能支配我们。比如说如果玄关进来了敲诈的人，想起妻子还在房间里，我们又怎么可能向敲诈犯求饶呢。

为国事奔走，即使回来时精疲力竭，只要与恋人絮语片刻，就能受其激励而恢复活力，再一次勇敢地走向生死边缘的幕末志士——如果要祭奠志士，那么其功绩中的一半可以授予当时的女性。不，我想是"应当"授予。不仅是幕末，日本的历史之中丝毫没能彰显女性的力量。偶尔有记录，也仅仅是作为男性爱欲的对象，令人深感遗憾。我觉得，应当从历史文化的层次上更多地承认女性的功绩。

赤穗义士矶贝与琴爪

后世的人书写传记时，常常舍弃应该书写的关于女性的部分。之前提到的幕末志士就是这样，当时其实有几十乃至上百个如同几松一样的女性，却丝毫没有被记载下来。我们应该重新思考记录历史的方法。

赤穗义士之类的事件中，关于女性的内容也非常贫乏。内藏助[1]是干成了想干的事，其他年轻人的故事却没有流传，几乎没有带浪漫色彩的故事。只有堀部安兵卫和弥兵卫的女儿之类的，不过二三人。我觉得，这是因为当时的传记作者限于道德观念，认为写这类事会有损义士们的德行，对他们不好。

我正在写《新编忠臣藏》，其中我最喜欢的是这样一个故事：

义士中被交给细川家的是内藏助等十七人。其中一人名叫矶贝十郎左卫门，二十五岁左右，是义士中公认的美男子。

---

1 大石内藏助（1659—1703），本名大石良雄。赤穗藩家老，组织原赤穗藩的武士为主公报仇，即赤穗四十七义士事件。

去往细川家后,细川家的家臣堀内传右卫门负责关照义士们,其日记中记录了很多当时的情景,也提到了义士们因为矶贝长得英俊而拿他打趣的事。

等到了切腹的日子,就由内藏助开始按顺序将人叫出来,在庭院内切腹。义士们把想送回故乡的遗物或是信件托付给传右卫门,都换上武士的礼服,传右卫门就把他们脱下的衣物整整齐齐地叠好。叠到十郎左卫门的衣服时,摸到衣袖口袋中有东西,传右卫门觉得奇怪,拿出来一看,发现是紫色的绸巾里小心地包着一个琴爪。

我非常喜欢这个故事。琴爪不知是谁送的,等到别人发现,矶贝已经切腹死了,也没法问他,真是非常有武士风格的恋爱。包裹琴爪的紫色绸布香气芬芳,赠君琴爪——该怎么说呢,总之是显出了过去的女性那种文雅含蓄的性格。若是今天的女性,一定会飒爽地站出来说"是我啊",然而这件事过去了一百年、二百年,却依然不知物主是谁,真是个很妙的故事。

不朽的女性

田崎草云妻子的故事催人泪下。草云是幕末志士，同时又是画家。他到了晚年成为御用工艺师，是杰出的艺术家，而年轻时号梅溪，非常爱喝酒，无论对方是大家还是前辈，又或是权贵，只要是自己不喜欢的人，就毫不客气地顶撞，因此甚至得了一个"胡闹梅溪"的绰号。

草云之妻是当时在江户负责制作幕府专用瓦当的人家的女儿，家道中落嫁给了草云。草云娶妻后就彻底地变老实了，还开始努力学习，着实下了一番功夫。而妻子在贫苦生活中支持草云而付出的艰辛努力也是多到难以言说。夫妇二人一起奋斗向上。梁川星岩和红兰女史暂住在江户时，偶然与草云夫妇在浅草的传法院长屋比邻而居。两家都很穷，到了夜里连灯都没法点。某日，梁川家发现邻家有了灯光，原来是草云拿到了一点润笔，如此才能点灯。而之后某日梁川收到了润笔，又轮到这边家里亮灯。两家就是穷到了要轮流点灯的程度。草云家有了孩子，名叫格之助——然而孩子养到了十八九岁，思想上却变得和父亲相反。草云是勤王志士，格之助却成了幕府一方的人，不再回家，整日里为思想运动而奔走。草云就这样生活在种种烦闷与贫苦之中，但因为有妻子恳切的鼓励，还是拼命坚持将人生奉献给艺术。一天，已嫁给草云十几年的妻子，头一次见到有素不相识而一看就身份很高的人上门，说"家里新盖了房子，请帮忙画一幅秋草图"，又留下二两银子做润笔。这是妻子嫁给草云，鞭挞鼓励丈夫十几年来最初的结晶。终于有了穿着如此光鲜的人上门求画，令她大喜过望，而草云也是意气风发，摩拳擦掌要画一幅杰作，他从传法院长屋每日里都去拜浅草寺观音菩萨，画上每一笔都毫不疏忽，如此终于画完了秋草图，只剩下落款便完成了。

草云画完，连自己都觉得十分出色，肯定能让求画人满意，着实是一幅很用心的作品。于是决定等第二天天亮，趁着清晨心情爽快的时候落款交给对方，便在傍晚搁笔去拜观音菩萨还愿。

等到草云回家，却发现天已经黑了还没有灯光，叫妻子的名字也没人答应。正在奇怪是怎么回事，进家门一看，秋草图铺在榻榻米上，妻子拿着自己用的大笔蘸了墨，将秋草图涂得乌黑一片。

"喂，你怎么了？"草云这么问，妻子却也只是咯咯笑个不停——她是疯了。

这件事我是听小室翠云讲的。据说，那时正是暮秋寒凉的傍晚。

草云一下子把妻子抱起来，说："喂，振作点，振作点啊。"然而并没有用。

十几年来绷紧神经如履薄冰，支持丈夫的艺术创作，终于有人来求画而画也完成了。自己想着哎呀终于好了,刚一有这个念头,一直绷紧的神经放松下来,就疯了。草云的妻子过了那个冬天,很快就在正月里死了。从那以后,如草云那般豪放磊落的人,却一提起妻子就会落泪。

我觉得,像草云妻子这样的女人才是真正永远活在男人心中的女人。现代的女性虽然受重视,但似乎没有人真的努力想要在男人心中永远活下去。我认为这是特殊爱情的结局往往不幸的原因之一。

从"草纸堂"到"草思堂"[1]

城冢朋和

昭和四年五月十日寄出,吉川英治给当时的东京日日学艺部记者安成二郎的信留存了下来。

(寄自　信州穗波村 角间越后屋)

和您约好的稿件,虽然有点担心赶不上日期,今天还是寄出了三十余张文稿。旅途中无法拿出整合好的作品,就依您的好意,写了类似随笔的东西。我没有写随笔的素养……如能为您所用,则幸莫大焉。(略)

---

1 此为日文原版编者记。

同年五月二十六日，由上落合五五三号的吉川家中，又寄出了给安成二郎的信。

起居安吉。不知您那里季节如何。三四日前我已返京，不料夏日已近，颇为惊讶。

前日将稿件寄给 SUNDAY 后，又发现了若干不佳之处。我从别处寄了明信片请您编辑订正，不知是否收悉。

这样写信，只因听说报社中您的桌子虽有主人，却与无主似无差别。

如得闲暇，欢迎莅临寒舍一聚。

对应上述两封信的《SUNDAY 每日》，在昭和四年六月二日号和九日号的两期上刊载了《穗波村随笔》。除去在《大正川柳》上以"雉子郎"之名发表的随笔风格的《川柳论》，这是吉川英治最初印成铅字的随笔。

当时《SUNDAY 每日》的编辑本部虽然在大阪每日新闻，但具体内容由学艺部负责，东京日日新闻的学艺部员也参加编辑，因此安成拿到的原稿就刊登在了《SUNDAY 每日》上。

昭和六年十月起出版的吉川英治最初的个人全集（全十八卷平凡社）第六次印发的《恋车（前篇）》的月报上，这篇随笔再次登场。其后，昭和十年最初的随笔集《草思堂随笔》出版时，以《自穗波村》为题收录了这篇作品。

昭和五年，《SUNDAY 每日》的秋季特刊中刊载了英治题为《银河祭》的短篇。这部短篇是以烟花师为主人公的作品，正是《自穗波村》中写到的，在"信浓附近旅行时，偶然遇见户狩的老人，听到了若干有关烟花的故事"所结出的果实。

然而，关于烟花师的作品，吉川英治原本很有可能曾有更大的构想，而不只是《银河祭》这样的短篇。根据当时担任《少年世界》责任编辑的南部亘国（新井弘城）的回忆，从《龙虎八天狗》（昭和二年，《少年世界》四月号开始连载）还未开始，仍在交涉连载事宜的时期，他就曾帮对烟花感兴趣的吉川英治搜集相关资料。这件事在吉川写给南部的信件中也得到证实。（讲谈社版《吉川英治全集》补卷三《书简集》中的 No.8、No.9 两封信应为大正十五年，而非昭和五年）

匆忙将内容整合为短篇的原因多半与《银河祭》发表的昭和五年发生的事有关。

"……发现家中有不幸的预兆。"吉川英治在自叙年谱昭和三年的项目中这样写道。接下来与前妻安之间的隐隐已有预兆的裂痕彻底表面化，正是《银河祭》发表的昭和五年。

> 一日夜里，将钢笔揣在怀中，随意穿着女佣的木屐就从家里逃了出来。其后辗转于远方的各个温泉疗养地，躲避妻子的目光。

这是自叙年谱，昭和五年一项的一部分。吉川英治这次离家出走的旅途中写出的就是《银河祭》。其他正在连载中的长篇也很多，如《龙虎八天狗》《处女爪占师》《恋车》等等。由昭和五年开始的新连载又有《月笛日笛》《金忠辅》《江户心中》《除锈工之歌》《咆哮的雷鸟》，当真是闻名遐迩的畅销作家。

这次离家出走事件中写作的另一个短篇是《梅飐之杖》。梅飔是赖山阳母亲静子的号，本书收录的《春日书斋开放》中，有数行关于执笔时状况的记载。作品本身收录于《吉川英治文库·短篇集一·剑侠百花鸟》中。虽然有可能被说是"无稽史实"，但有关赖山阳的拐杖的逸事中，有名的就是其师菅茶山[1]作为遗物留给山阳的竹杖。山阳不慎把这根竹杖忘在了尼崎乘船的渡口，就拜托大盐平八郎调查去向。山阳与大盐平八郎早有交情。山阳为了迎接从广岛来京都的母亲而去往大阪，住在后藤松阴家中，而大盐前去后藤家拜访，两人由此相识，之后也一直有交流。大盐平八郎是出色的与力[2]，很快安排部下查出了捡到竹杖之人，竹杖平安地回到了山阳手中，因此一举成名。

吉川英治将茶山的拐杖变化为山阳亡父春水的遗物，交予其母梅飔，让她带着竹杖由广岛前去京都。作品写于吉川英治离家出走期间，正是他深感惭愧之时，不难想象其中的一字一句都是吉川针对自身的鞭笞。

  母亲，请训斥我。就像我还小，还叫久太郎的时候那样，请训斥我。

  啊呀……我说在前面，老母我从广岛出发之时，就是打算要训斥你而来的。想着一定要教训你，狠下心来，拿着这根拐杖……

---

[1] 菅茶山（1748—1827），江户时代后期儒学家、汉诗人。开设廉塾，主张教育平等。

[2] 江户时代基层武士的称呼，类似管理民政事务的警察。

拜托你，打我吧。能用这根拐杖打我的，就只有你了。妻子没有力气打我。朋友也不肯打我。连到处说山阳坏话的人，也都不打我。——母亲，也都不肯打我。快打，四郎次。

夏天正困于炎热之时，傍晚忽降阵雨。看见光溜溜地冲到雨中淋雨的英治，对着年近三十的英治，喊着"不知道淋雨对身体不好吗！"如同教训五六岁孩子一般打他屁股的母亲早已不在人世。英治每写下一个字，一定都在心中大喊着"请打我，请打我"。

昭和五年的旅途中是这种状况，吉川可能原本有更宏大的构思，也收集了材料，却匆忙以年代久远的故事为核心整合出的作品即为《银河祭》。然而不只是烟花师的故事，佐久间象山托人找小妾的逸事也都以"托人找妻子"的形式巧妙地应用在了作品之中。

吉川英治将书斋命名为"草思堂"一事早已出名，然而在使用这一名称前，用的却是同音的"草纸堂"[1]。

昭和六年十月吉川英治全集开始刊发，连载于各份月报上的随笔中开始用到"草纸堂"一名。月报每回都有英治写作并由其弟吉川晋参与编辑的随笔，旨在联结作者与读者。在此连载的《草纸堂漫笔》之后成为《草思堂随笔》，即本随笔集的支柱部分。

全集完结（昭和八年二月）后，由这份月报发展而出的就是

---

[1] 日文中发音相同。

大众文艺杂志《众文》。创刊号自昭和八年八月中旬起在书店上市。《众文》上登场的英治的随笔，也被用于《草纸堂漫笔》之中。

英治返回东京，离家出走事件暂告一段落的时间是半年后的十月。他在麻布的宾馆暂住了一阵，年末从上落合匆忙搬到了芝公园十四号租借来的房屋中。由平凡社的《吉川英治全集》到刊发《众文》的这段时期，正好是他居住在芝公园附近的时期。

这一时期英治在家庭中，虽然与安保持了表面上的平稳关系，其实却是走向决定性破裂的过程。在文坛方面，英治不再单单是新锐流行作家，而且出版了个人全集，巩固了文坛的一线地位。此外，英治还开始关注古典美术，不时前往东京美术俱乐部等处。他瞩目江户时期的作者，尤其受田能村竹田的画和赖山阳的书法作品吸引。

沉迷赖山阳的英治得到山阳书写的"徜徉园"匾额时，就开始将芝公园的家称作徜徉园。于徜徉园庭院一隅建起世界第一小书斋，是在昭和七年的初夏时节。本书的《书斋与人》[1]中有关于这间书斋的详细内容，而建起这样的书斋时的心境，则能从《四十初惑》里窥见一二。

田能村竹田年轻时即归隐的清冽生活方式令英治产生共鸣。他这样说明自己躲过是非，重视工作的心境："二十八九岁时的自己面对妻子，说不上两句话就想要呵斥甚至动手；到了三十，则担心丢掉工作而转身逃避；最近一两年过了四十，终于开始觉得工作、身体和一辈子的生活都很重要，就算要讨好妻子也希望家庭能温馨明快，所以有时不论是何种无理要求，也都会去满足

---

[1] 应为《书斋与主人》，疑为笔误。

她了。"

不到三张榻榻米大小,世界第一小的书斋,正如《书斋与人》所述,并没有起特定的名字。徜徉园此前便是芝公园的家整体的称号,而如今徜徉园中有了核心。英治为这一空间特别订制了小型的桑木书桌,桌上则是同样小型的稿纸。书架上摆放着正适合世界第一小书斋的迷你书和小型的和式装订书籍。

一篇题为"徜徉园"的随笔与昭和九年一月一日始记录的非常短暂的徜徉园日记保存至今。然而这样热心打造的徜徉园,却随着吉川英治不再关注赖山阳而只留下一块匾额作为纪念。其中原因之一在于英治拿到的山阳的书法作品出了问题,令山阳本人在英治眼中也失去了光彩。

迷恋山阳的英治当时四处搜集购买山阳的作品。然而,某次他买下一件获得著名赖山阳研究家木崎好尚认可的山阳作品,之后却发现完全是赝品。英治以为契机重新清查手中的山阳作品,结果又找到了相当可疑的作品。英治与木崎好尚的关系因此而变得疏远,而连山阳本身也都讨厌了起来,接连放弃了各种藏品。但其中唯有徜徉园的匾额,书法既佳而词句也恰恰符合当时英治自身的心境,留在了他的手中。

由芝公园的徜徉园搬到赤坂表町的家是在昭和十年六月。这间房子原本是民政党巨头,曾担任过铁道相等职务的江木翼所建,但英治租借房屋时已经是江木女婿当家的时候。据说当时六百坪的庭园中已是杂草丛生。

昭和十年是英治组织日本青年文化协会,出版组织刊物《青年太阳》的一年(最初设立时还是芝公园时代),又是此前数年间一直于创作中不断摸索的英治成功创出自身的新境界,开始连载达成飞跃式提升的作品——《宫本武藏》的一年。

如今，英治已经不仅仅在大众文坛中积极发言，更开始努力影响社会，影响青年。同时，英治结识了成为他飞跃契机的池户文子女士，孕育出如年轻人一般充满热情的恋爱。英治得到了位于城市中心却草木丰茂的家，名副其实的草思堂就此诞生。《宫本武藏》刚刚于《朝日新闻》开始连载后的九月，由其次弟负责的新英社出版了吉川英治最初的随笔集《草思堂随笔》。

昭和十九年战情危急之时，英治一家疏散至西多摩郡吉野村[1]，草思堂的名号在此也被继承了下来。吉野村的房屋是原庄头家的乡间老宅，用桧树皮盖的房顶，正适合草思堂之名。而其后吉川英治的功绩与深厚的人生，又为草思堂之名增添了分量，令其深深刻入人们心中。

值得一提的是，在旧吉野村草思堂附近诞生了吉川英治纪念馆。馆中陈列介绍吉川英治的生涯，而来访者同时又可悠然品味英治曾深爱的应季飘香的梅花，欣赏多摩川之清流与奥多摩之群山。

---

1 今青梅市。